J.-B. LEMOYNE

Marguerite Bosco

MÈRE DU V. DON BOSCO

PARIS

Gabriel BEAUCHESNE & Cⁱᵉ, Éditeurs

ANCIENNE LIBRAIRIE DELHOMME & BRIGUET

117, Rue de Rennes, 117

1912

DÉPOT A LYON : 3, Avenue de l'Archevêché

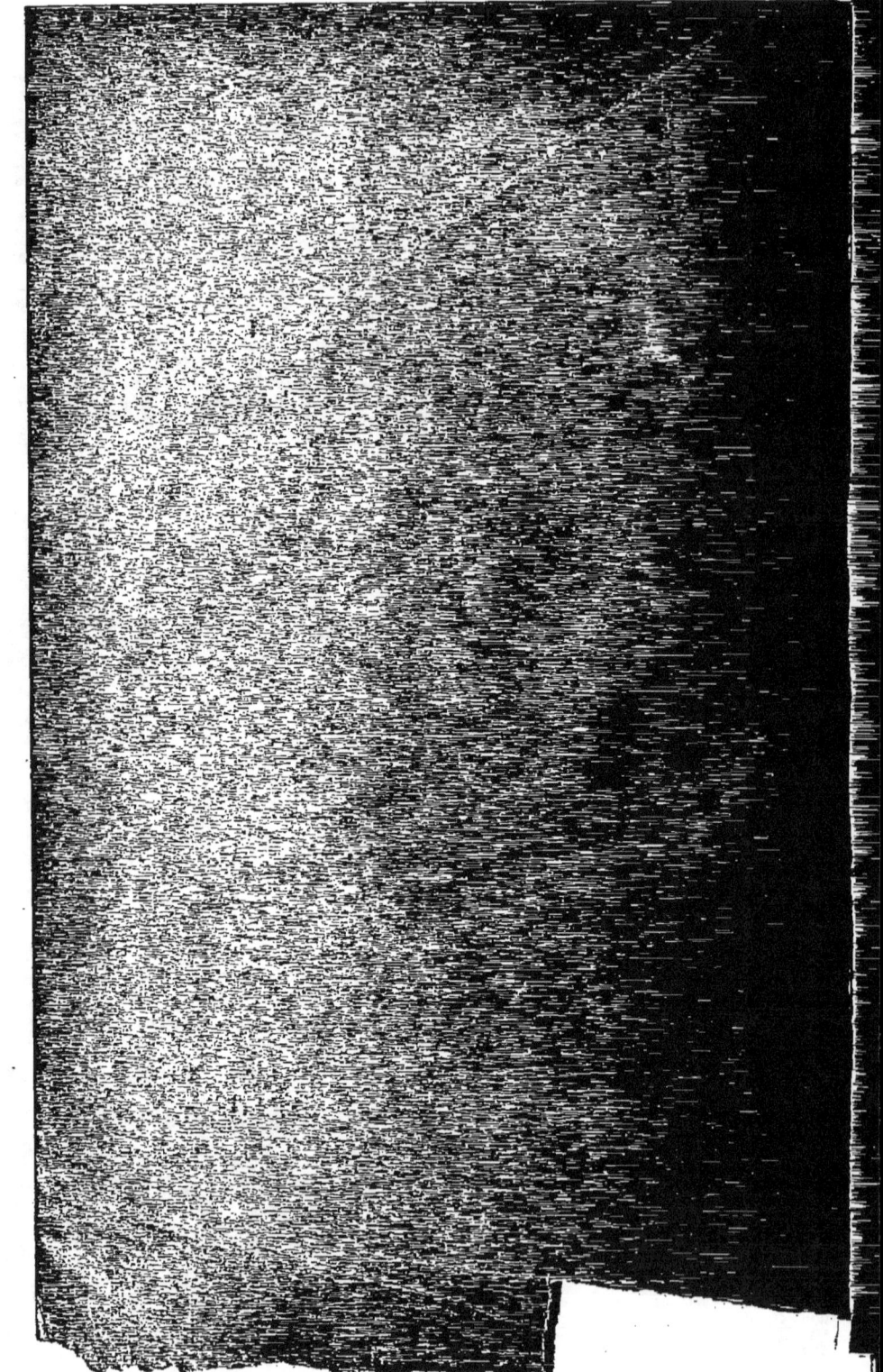

Marguerite Bosco

J.-B. LEMOYNE

Marguerite Bosco

MÈRE DU V. DON BOSCO

PARIS
Gabriel BEAUCHESNE & Cⁱᵉ, Éditeurs
ANCIENNE LIBRAIRIE DELHOMME & BRIGUET
117, Rue de Rennes, 117

1912

Marguerite Bosco

CHAPITRE PREMIER

Naissance et premières années
de Marguerite.

L'éminente chrétienne dont nous allons raconter la vie naquit à Capriglio, commune d'Asti,
en Italie, de Melchior Ochiena, et de Dominique
Bossone, le 1er août 1788.

De cinq frères et de deux sœurs, elle vint au
monde la troisième, et, le jour même de sa
naissance, elle reçut le sacrement du baptême.

Son père et sa mère n'étaient que de simples
paysans, suffisamment pourvus des biens de la
fortune et très abondamment des biens meilleurs de la grâce.

Les exemples et les avis de ses parents vertueux imprimèrent au fond de son cœur un tel
sentiment du devoir que, dans les années les
plus ardentes de la jeunesse, la maîtresse et la

règle de ses actes fut toujours la volonté de Dieu.

Son temps était partagé entre la prière et le travail. Assister à la messe, fréquenter les sacrements, entendre la divine parole, telle était sa première et plus douce occupation, telle était sa vie. L'église, son église, voilà l'unique objet de ses délices, le centre de toutes ses affections.

Douée par la nature d'une volonté ferme, guidée par un bon sens exquis et surtout par l'esprit de Dieu, elle devait triompher de tous les obstacles qu'elle aurait à rencontrer sur son chemin.

La loi du Seigneur sera sa loi suprême, la barrière sacrée qu'elle ne franchira jamais.

Droite en sa conscience, en ses affections et en ses pensées ; active, franche et d'un jugement sûr, elle ne connaîtra ni la crainte ni l'hésitation. Que l'affaire soit grave ou de moindre importance, partout et toujours on retrouve en elle *un caractère*.

La franchise unie à la prudence la préserve des faux pas et garde sa vertu.

De jeunes amies venaient souvent, aux jours de fête, l'inviter à quelque promenade charmante sur les collines et dans les vallons.

Après six jours de rudes travaux, un peu de

récréation semblait assurément bien légitime, et cependant Marguerite ne peut supporter d'être un instant éloignée de l'œil maternel.

Un refus est toujours prêt ; elle sait d'ailleurs l'assaisonner d'une aimable raison :

« Voyez, disait-elle à ses compagnes, je suis allée à l'église, et la distance est grande, ma promenade est faite ; je n'ai point la force d'en essayer une autre. »

Et les instances ne pouvaient ébranler sa résolution.

On peut dire en toute vérité qu'elle n'aima pas d'autre chemin que celui de son église.

Qui ne sait l'attrait puissant exercé sur les villageois par les fêtes d'alentour ? Qui ne sait avec quelle facilité la jeunesse court aux divertissements, aux danses prolongées bien avant dans la nuit ?

Qui n'a pas déploré les conséquences funestes de ces plaisirs défendus.

Quelques jeunes filles de Capriglio, très éprises de ces réunions dangereuses, s'en allaient inviter Marguerite après avoir revêtu leurs plus beaux atours.

A leur appel pressant, on la voyait apparaître au seuil de la maison. « Sois des nôtres, viens,

nous irons en compagnie, » s'écriaient-elles en
chœur joyeux.

Marguerite les toisait d'abord de la tête aux
pieds, puis, après une exclamation sur leur toilette accompagnée d'un malin sourire :

« Où voulez-vous donc me conduire ?

— Mais, au bal, il y aura du monde, de la
belle musique, et nous passerons la soirée gaie-
ment. »

Marguerite, prenant un air sérieux et les regar-
dant fixement :

« Qui veut jouer avec le diable ne pourra se
réjouir avec Jésus-Christ. »

Et, la sentence prononcée, elle rentrait au logis,
les laissant tellement abasourdies que plusieurs
d'entre elles retournaient à la maison.

Par-dessus tout, l'excellente jeune fille évitait
les entretiens familiers avec les personnes de
l'autre sexe.

Elle y était exposée le dimanche à l'heure de
la messe ; aussi parcourait-elle avec une vitesse
extrême la route qui les séparait de l'église.
Après avoir entendu la messe, elle cherchait
dans la foule une compagne pour le retour ; son
choix tombait le plus souvent sur une bonne
vieille femme, et c'est en causant avec elle qu'elle
reprenait le chemin de ses champs bien-aimés.

Dans toutes ses actions et naturellement dans celles qui concernent l'économie domestique, Marguerite déployait une égale énergie. Le fait suivant en est une preuve.

C'était en 1804. Napoléon bouleversait et ensanglantait l'Europe. Un escadron de cavalerie allemande était venu camper dans le voisinage de la maison d'Ochiena.

La récolte à peine terminée, le maïs était étendu dans l'aire aux rayons du soleil. Les soldats se reposaient dans un champ voisin, et les chevaux en liberté étaient venus s'abattre sur l'excellent fourrage.

A la vue de cette invasion, Marguerite, qui veillait, essaie par ses cris d'éloigner les chevaux ; mais, insensibles à son invitation, ils continuent leur repas plantureux.

Elle se tourne alors hardiment vers les soldats qui riaient de ses vains efforts, les apostrophe en sa propre langue et les invite à garder un peu mieux leurs chevaux.

Les soldats, qui ne comprenaient rien à son patois, riaient de plus belle, en répétant : « *ia, ia.* »

« Ah ! vous riez, poursuit Marguerite, les mains sur les hanches, il vous importe peu à vous de voir consommer notre récolte ! Il ne vous a rien

coûté, ce blé ! Mais nous avons sué, nous, toute
une année, pour le recueillir ! Que mangerons-
nous cet hiver ? Avec quoi ferons-nous la *polenta*? Est-ce une raison parce que vous êtes les
plus forts ?

— *Ia, ia, ia* », répliquaient les Allemands.

Ce *ia* dérisoire finit par énerver Marguerite ;
peu à peu elle s'échauffait.

Quelques soldats s'étaient rapprochés et lui
parlaient allemand, langue qu'elle entendait à
peu près comme ils entendaient la sienne.

Pour les payer de leur monnaie, elle leur envoie le monosyllabe *bo, bo*, qui, dans le patois
italien, a le sens affirmatif, mais plaisant et
moqueur.

Et le dialogue s'engage, le dialogue de l'homme
à qui l'on demande : « Où vas-tu ? » et qui répond : « Je porte du poisson. »

Le *ia* et le *bo* s'entrechoquent à la grande joie
des soldats. Marguerite enfin perd patience et
conclut :

« Oui, *bo* et *ia*, savez-vous bien ce que cela
veut dire ? *Boïa*, bourreau. Bourreaux, oui, vous
l'êtes, vous qui dévastez nos champs et pillez
nos récoltes. »

C'était une déclaration de guerre en forme et
de fait.

Voyant l'inutilité de ses efforts et la dispa-
rition de son blé, Marguerite s'en va prendre une
fourche, et, avec le manche, elle en frappe les
chevaux.

Mais comme les bêtes se montraient peu sen-
sibles à cet argument pourtant assez vif, elle
retourne l'arme offensive, pique les flancs et les
naseaux, et la troupe des affamés finit par
quitter la place.

En toute autre circonstance et surtout en temps
de guerre, les soldats n'auraient pas accepté le
procédé, mais en cette occasion ils s'exécutè-
rent de bonne grâce, et, réunissant les chevaux
débandés, ils les lièrent aux arbres d'un pré
voisin. Il aurait été trop ridicule d'en venir aux
mains avec une fillette de seize ans.

CHAPITRE II

Mariage de Marguerite. — Ses deux fils.
Mort de son mari.

Tout entière aux travaux domestiques, fuyant les réunions mondaines et même les récréations honnêtes, Marguerite avait atteint sa vingt-troisième année et ne songeait guère à prendre un mari. Son unique désir était de se consacrer aux soins du ménage, de rester près de son père et de sa mère, et de les assister dans leur vieillesse.

Le Seigneur en avait ordonné autrement. François Bosco, paysan de Murialdo, connaissait et appréciait hautement les qualités de Marguerite comme ménagère, et ses vertus de chrétienne. Il jeta les yeux sur elle et la demanda en mariage.

Marguerite ne put donner son consentement sans un vrai chagrin ; pour son cœur, c'était une désolation de quitter sa famille ; mais son père avait approuvé et conseillé cette union. La

pieuse jeune fille se rendit à la volonté paternelle.

François Bosco, d'ailleurs, avait de solides
qualités naturelles et, de plus, c'était un parfait
chrétien.

Il habitait *sa* maison et il cultivait *ses* champs.
Le parti était fort convenable, et le mariage
fut célébré le 6 juin 1812.

Les époux qui marchent devant Dieu avec un
cœur droit et pur prennent par le mariage de
saints engagements ; ils appellent sur eux toutes
les bénédictions célestes. Marguerite et son mari
eurent ce bonheur.

En ce temps-là, comme aujourd'hui, le jour des
noces était l'occasion de démonstrations bruyan-
tes : cortèges, festins, feux d'artifice et musique
faisaient nécessairement partie de la fête ; mais
on n'oubliait ni la confession ni la sainte communion, et l'anneau nuptial se donnait à l'autel
même et pendant le saint Sacrifice de la messe.

François avait eu d'un premier mariage un
fils, nommé Antoine, qui avait alors neuf ans.
Marguerite aima cet enfant comme le sien et fut
pour lui, non pas une marâtre, mais une mère.
La jeune épouse était heureuse.

La vieille mère de François, qui s'appelait
aussi Marguerite, l'avait accueillie avec bonheur ;

elle avait mis en elle toute son affection et toute sa confiance. Sa belle-fille la payait en retour d'une obéissance et d'un amour vraiment filials.

La mère de François cachait sous ses vêtements de paysanne un noble cœur, des sentiments délicats, une volonté ferme et guidée uniquement par le désir passionné du bien. Ces deux âmes se comprenaient admirablement. C'étaient les mêmes goûts de travail, d'économie et de charité, les mêmes vues dans l'administration domestique, et les mêmes principes dans le gouvernement de la famille.

Le Seigneur bénit l'union de François et de Marguerite et la réjouit par la naissance de deux fils.

Le premier, né le 8 avril 1813, reçut au baptême, le nom de Joseph ; le second, né le 15 août 1815, jour de l'Assomption, fut appelé Jean-Baptiste.

La paix régnait dans cette famille, grâce au travail, à l'économie bien comprise ; on gagnait honnêtement le pain de chaque jour, à la sueur de son front.

Le courageux François suffisait à l'entretien des trois enfants, des deux serviteurs et de la bonne septuagénaire. Tout leur souriait quand l'épreuve, une épreuve terrible, visita la paisible habitation. Dieu le permit ainsi dans ses

desseins impénétrables, mais pleins de miséricorde.

François revenait des champs. Baigné de sueur,
il descend à la cave humide et froide. La trans-
piration s'arrête, et, le soir même, une fièvre
violente, signe avant-coureur d'une fluxion de
poitrine, l'avait saisi.

Tous les soins furent inutiles ; en peu de jours,
il était aux portes du tombeau.

Muni des sacrements de la sainte Église, il
recommande à sa femme désolée la confiance
en Dieu ; puis, dans la force et la fleur de l'âge,
à trente-quatre ans, le 12 mai 1817, il s'endort
dans le Seigneur.

Jean Bosco, qui n'avait pas encore atteint sa
troisième année, fut pourtant frappé de cette
mort. Plus tard, s'adressant à ses petits amis
de l'Oratoire, le prêtre y puisait une leçon de
respect et d'obéissance envers les parents.

« Je n'avais pas encore trois ans, disait-il,
quand j'ai perdu mon père, et je ne me souviens
plus de son visage. Je ne sais guère ce que l'on
fit de moi dans ces tristes jours, mais je ne puis
oublier, et c'est le premier acte de ma vie dont
je garde la mémoire, je ne puis oublier les
paroles de ma mère :

— Jean, tu n'as plus de père !

« Tout le monde quittait la chambre du défunt, moi je voulais rester absolument.

— Viens, Jean, me disait douloureusement ma bonne mère.

— Je ne veux pas m'en aller sans papa.

— Pauvre enfant, tu n'as plus de père !

« A ces paroles, maman fondit en larmes ; elle me prit par la main et m'entraîna doucement.

« Moi je pleurais parce qu'elle pleurait, car je ne comprenais pas, à deux ans, le malheur d'avoir perdu mon père. Non, non, ces paroles ne sortiront pas de mon cœur : Jean, tu n'as plus de père ! »

CHAPITRE III

Détresse de la famille Bosco.

La mort de François plongea la famille dans la désolation. Marguerite avait désormais cinq personnes à gouverner et à soutenir ; car elle ne pouvait se résoudre à renvoyer les deux serviteurs, et les récoltes de l'année, son unique revenu, avaient été mauvaises, à la suite d'une sécheresse désastreuse. Le froment se vendait à un prix inabordable pour les petites bourses.

Au dire des contemporains, les mendiants étaient heureux d'obtenir un peu de son qu'ils faisaient bouillir avec des pois, et c'était leur meilleure nourriture.

On trouva morts dans les prés, la bouche pleine d'herbe, de pauvres gens désespérés qui avaient essayé par ce moyen d'apaiser leur faim.

Dans une si grande détresse, chacun leva les yeux vers Celui-là seul qui peut donner la pluie

bienfaisante et remédier à nos maux. On vit des
manifestations de pénitence extraordinaire qui
semblaient impossibles à cette époque d'effroyable indifférence religieuse, conséquence naturelle
de la Révolution.

Un peuple hâve et exténué s'en allait de sanctuaire en sanctuaire, les pieds nus, la corde au
cou, la croix sur l'épaule, criant miséricorde.

Au retour, cette foule d'infortunés venait-elle
à découvrir une ferme dont l'aspect semblait indi-
quer l'aisance, chacun se traînait et s'agenouil-
lait sur le seuil, implorant d'une voix défaillante
une légère aumône.

Le maître, tranquille hier, et inquiet aujour-
d'hui sur l'avenir, prenait un sac au fond duquel
il puisait une poignée de son qu'il distribuait
à chacun des affamés. Ces malheureux l'avalaient sans autre préparation, et baignaient de
larmes cette malsaine nourriture qui suffisait
à peine à les préserver de la mort.

Dans une telle pénurie, Marguerite s'ingénia
de toutes manières afin de pourvoir aux besoins
les plus pressants, mais enfin la provision du
ménage s'épuisa.

Elle remit alors à un voisin complaisant la
bourse des épargnes, jusque-là précieusement

conservée, et le pria d'acheter à n'importe quel prix les aliments indispensables.

Le voisin se met en quête à Murialdo. Les offres les plus séduisantes sont repoussées : personne ne veut se défaire du peu qu'il possède. Il s'adresse à divers marchands, propose des prix exorbitants : même insuccès.

Et quand, après deux jours d'absence et pris d'un découragement facile à comprendre, il revient, la bourse pleine et les mains vides, la terreur envahit la pauvre famille.

Ce jour-là même, on n'avait pas mangé, et l'on redoutait pour la nuit les tortures de la faim.

Marguerite se met à genoux, elle adresse au Seigneur une courte et fervente prière, puis elle se relève.

« Dans les cas extrêmes, il faut prendre, dit-elle, les moyens extrêmes. » Là-dessus, elle conduit l'obligeant ami à l'étable ; on tue un veau, on en fait cuire un quartier et chacun peut satisfaire son appétit.

Les jours suivants, on parvint, à grands frais, à se procurer du blé venu de loin. L'horreur de la famine était écartée, mais qui pourrait se faire une idée des fatigues, des souffrances, des angoisses de Marguerite, en ces terribles circonstances !

Ce ne fut que par un travail incessant, une économie extrême, une attention minutieuse, et surtout avec l'aide de la Providence, que la pauvre mère parvint au terme de cette année calamiteuse.

CHAPITRE IV

La veuve. — L'éducation des enfants.
Leur première confession.

La terrible famine n'était plus qu'un souvenir et les affaires domestiques s'étaient améliorées, quand Marguerite reçut la proposition d'un nouveau mariage, fort convenable d'ailleurs.

Elle répondit sans hésitation : « Dieu m'a donné un mari, Dieu me l'a enlevé. En mourant, mon mari m'a confié ses trois fils ; je ne serais pas une mère si je les abandonnais au moment où je leur suis le plus nécessaire. »

On lui représenta vainement qu'ils seraient pourvus d'un excellent tuteur et que cet homme estimable en aurait le plus grand soin.

« Le tuteur, disait la généreuse femme, serait peut-être un ami ; je suis, moi, la mère de mes fils ; que m'importent l'or et l'argent : mes enfants, voilà mon seul bien ! »

Enseigner à ses enfants la religion, les habi-

tuer à l'obéissance, et les occuper aux travaux
compatibles avec leur âge, telle fut désormais
sa grande préoccupation.

Pour apprendre à l'enfant et graver profondément dans son cœur les maximes de l'évangile,
l'horreur du péché, la crainte des châtiments
éternels, l'espérance du ciel, il n'est rien de plus
efficace que la parole qui tombe des lèvres
maternelles. Personne, au monde, ne peut avoir
l'autorité persuasive et la force d'une mère chrétienne.

Si la jeunesse en général est aujourd'hui si
dissolue, irréligieuse et insolente ; s'il y a tant
de fils qui font pleurer leurs mères, c'est que
les mères ne savent plus jeter la semence divine
dans ces âmes encore neuves, c'est qu'elles ne
savent pas enseigner le catéchisme à leurs enfants.

Oui, telle est l'une des causes principales de
la ruine spirituelle des enfants.

Marguerite connaissait la puissance de l'éducation chrétienne ; elle savait que la loi du Seigneur, enseignée chaque soir par le catéchisme,
rappelée sans cesse pendant le jour, a le privilège
de développer en même temps l'intelligence et
le cœur de l'enfant, de lui inculquer une à une
les vertus de son âge et spécialement la plus

belle qu'on puisse rencontrer chez lui : l'obéissance.

Douée d'une patience à toute épreuve, elle répétait les demandes et les réponses du petit livre autant de fois qu'il était nécessaire pour les graver dans la mémoire de ses fils.

De bonne heure elle forma leurs lèvres innocentes aux premiers bégaiements de la prière. Elle les faisait mettre à genoux, et, tous ensemble, ils récitaient les prières du matin et du soir, en y ajoutant une partie du rosaire.

Dès que fut venu l'âge de raison, elle voulut les préparer à la première confession, et, pour mieux atteindre son but, elle les conduisit elle-même à l'église, et les recommanda vivement au confesseur. Dans la suite, elle ne cessa de leur prêter son assistance maternelle que le jour où, raisonnablement, elle les jugea capables d'accomplir seuls cet acte important.

Sa manière aimable de mener ses fils à Dieu par la prière et les sacrements lui avait acquis sur eux une telle influence, qu'elle ne s'effaça point avec les années. Quand ils arrivèrent à l'âge d'homme, elle leur demandait encore, sans ambages et dans la simplicité de son autorité maternelle, s'ils avaient rempli leurs devoirs de bons chrétiens, et s'ils avaient fait leurs prières

du matin et du soir. Ses fils, à trente ans et plus,
lui répondaient avec la candeur et l'ingénuité
de l'enfance.

Lorsque Jean, retenu par le champ si vaste
de son apostolat, rentrait à une heure tardive,
elle demandait parfois :

« Et ta prière, l'as-tu récitée ? »

Jean n'avait pas attendu jusque-là pour se
mettre en règle avec Dieu, mais sachant le plaisir qu'il faisait à sa mère, il répondait :

« Mère, j'y vais à l'instant.

— C'est que, vois-tu, vous étudiez, vous, votre
latin ; vous savez votre théologie, mais votre
mère en sait là-dessus autant que vous : elle sait
que vous devez prier. »

Cher lecteur, ne traitez point cette prétention
d'inopportune et d'indiscrète ; c'est un honneur
pour des enfants, quand, après de nombreuses
années, leur mère heureuse les retrouve, comme
autrefois, simples, obéissants, respectueux.

Que de mères se voient méconnues par des
fils dénaturés qui, devenus hommes, ont oublié
jusqu'au sens du respect filial ! Elles pleurent
d'être méprisées, tournées en dérision, insultées
par des enfants qui prennent avec elles le ton
hautain du maître !

Marguerite, au contraire, pouvait redire à ses

fils déjà grands les paroles du premier âge, avec la certitude qu'elles seraient acceptées, comme autrefois, avec une soumission respectueuse.

Ainsi, malgré le cours des années, les charmes de l'enfance demeuraient toujours, et, plus d'une fois, émue jusqu'au fond de son cœur délicat, Marguerite dut s'éloigner un instant pour essuyer une douce larme.

O larmes de joie que l'amour d'un fils peut faire jaillir des yeux d'une mère, vous êtes plus précieuses que les perles de l'océan !

CHAPITRE V.

La sagesse de la mère et l'obéissance de ses fils. — Curieuses anecdotes.

Marguerite veillait avec une activité infatigable sur la conduite de ses fils ; sa manière de les surveiller n'était d'ailleurs ni étroite, ni soupçonneuse, ni morose, mais telle que l'exige le Seigneur : continuelle, prudente, amoureuse.

Elle s'ingéniait à rendre aimable aux enfants la compagnie de leur mère, et, pour y réussir, elle mettait en pratique le conseil de saint Paul : « Ne provoquez point vos enfants à la colère, mais élevez-les dans la discipline et les leçons du Seigneur. »

Loin de s'ennuyer pendant leurs jeux bruyants, elle y prenait part elle-même et savait en inventer, au besoin.

A leurs interrogations enfantines, elle répondait toujours avec patience ; elle excitait même leur babillage naïf, assurée par là de connaître

le fond de leurs pensées, et de voir se développer au grand jour les affections qui commençaient à enflammer leurs jeunes âmes.

Ravis de cette bonté prévenante, industrieuse
et toujours égale, les enfants n'avaient point de
secret pour leur mère.

Dans les maisons chrétiennes, on conservait
comme un trésor la Bible et la vie des Saints.
Le dimanche les habitants du hameau se réunissaient à l'intérieur, si c'était l'hiver ; sous la
treille, si c'était l'été ou l'automne ; et quelque
bon vieillard lisait une page du saint Livre.

Marguerite connaissait une foule de beaux
exemples, et les citait à propos pour démontrer
que le Seigneur aime et récompense les enfants
dociles, et châtie les désobéissants.

Elle réussissait ainsi merveilleusement à pi-
quer la curiosité et à soutenir l'attention, surtout
à parler de l'enfance du Sauveur toujours sou-
mis à sa mère, à le présenter à ses fils comme
le modèle achevé de l'aimable humilité.

Au moyen de ces récits pleins d'attraits, Marguerite se rendit si bien maîtresse de la volonté
de ses fils, et, plus tard, de ses petits-fils, qu'une
seule parole lui suffisait pour être obéie, non
seulement avec ponctualité, mais avec amour.

Avait-elle besoin d'un petit service ? fallait-il

par exemple, porter du bois, puiser de l'eau, donner l'herbe ou la paille aux animaux, balayer une partie de l'habitation ? c'était à qui rendrait le premier à la maman ce bon service demandé.

Marguerite avait obtenu de ses enfants, avec un succès complet, l'obéissance sous toutes ses formes. Les sorties, les liaisons avec des inconnus, sans une permission expresse, étaient absolument défendues, et la défense était respectée.

Parfois les enfants accouraient :

« Maman, disaient-ils, tel camarade est là ; pouvons-nous jouer avec lui ?. »

Si la maman disait oui, ils partaient joyeux se divertir sur la colline ; si c'était non, ils ne se hasardaient même pas à paraître sur le seuil ; contents et heureux, ils s'amusaient au logis avec les jouets qu'ils avaient fabriqués eux-mêmes ou que la maman leur avait apportés de la foire, et ils ne pensaient plus à rien.

Confiante en leur sagesse, l'active ménagère pouvait ainsi vaquer en paix aux travaux des champs.

Les enfants demeuraient paisiblement à la maison, et si des voisins malencontreux venaient, par un beau soleil, les inviter à courir, malgré la défense maternelle, ils répondaient avec simplicité : « Non, nous ne voulons pas déplaire à maman. »

Cependant la confiance elle-même avait ses limites.

Maîtresse de maison et chargée de tout le poids des affaires, Marguerite était obligée de fréquenter les foires et les marchés et, malgré la docilité éprouvée des enfants, elle avait trop à cœur le souci de leur innocence ; elle savait trop bien comment un léger souffle peut la ternir, pour les abandonner à eux-mêmes un temps considérable.

Au départ, elle donnait d'abord aux enfants les avis les plus nécessaires ; puis, la grand'mère était investie de toute l'autorité maternelle et priée instamment de ne point les perdre de vue.

Les enfants, en l'absence de la maman, s'ingéniaient à ne commettre aucune faute ; le retour était attendu impatiemment : une belle récompense avait été promise si l'on était sage.

Et veut-on savoir en quoi consistait cette récompense ? Un pain bénit ! Oui, et pour des enfants de cet âge, de cette condition, simple et pieuse, c'était assez.

Quand, le soir, du haut de la colline, au bout du sentier qui conduisait à la maison, ils apercevaient la maman poudreuse, harassée, baignée de sueur, ils volaient à sa rencontre et s'écriaient :

« Le pain bénit, le pain bénit ! »

Et Marguerite souriait, et ralentissait le pas :

« Quelle ardeur ! quel empressement ! leur disait-elle. Ayez un peu de patience : allons d'abord au logis me débarrasser de ce lourd panier ; laissez-moi respirer un moment ! »

Et les enfants la suivaient en sautant.

Arrivée à la cuisine, la mère s'asseyait, le pain bénit sortait de la bienheureuse corbeille, et les enfants de tendre la main :

« A moi, à moi ! »

« Patience, disait la maman ; commencez, je vous prie, par me rendre vos comptes. »

Suspendus à ses lèvres, ils attendaient les interrogations.

« Toi, disait-elle à l'un, es-tu allé à la laiterie demander tel objet ou tel ustensile, comme je te l'avais recommandé ? »

A l'autre : « Et toi, ma commission à la bonne voisine, ne l'as-tu pas oubliée ? »

A tous : « Et la *nonna* (la grand'mère), a-t-elle eu besoin de vos services ? Ne l'avez-vous point obligée de vous gronder ?

« Les enfants du voisin vous ont-ils rendu visite ? Quel a été le sujet de vos conversations ?

3

L'*Angélus*, au milieu du jour, l'avez-vous récité ?

C'est ainsi qu'elle faisait rendre un compte exact de l'emploi du temps, et qu'elle pénétrait au plus intime de leurs pensées. Les enfants lui contaient ingénument les moindres circonstances avec une sincérité charmante.

« C'est bien, très bien, » disait-elle à celui-ci. « Un peu plus de patience, de politesse, disait-elle à celui-là ; sois plus attentif une autre fois. »

Elle disait à tous : « Surtout, soyez d'une parfaite franchise, ayez en horreur le mensonge, car il déplaît souverainement au Seigneur. »

C'est ainsi que, les yeux fixés sur la loi divine, règle souveraine de nos actes, Marguerite mettait ses enfants en garde contre les défauts de leur âge et leur enseignait particulièrement l'obéissance et le respect.

« Obéissez à la nonna, respectez-la toujours, et Dieu vous bénira. »

Puis enfin, convaincue de leur sagesse, après avoir distribué les avertissements et les louanges, les douces réprimandes, s'il y avait lieu, elle faisait à chacun sa part de pain bénit que les enfants mangeaient avec délices, après avoir fait pieusement le signe de la croix.

Il n'était pas nécessaire d'une longue absence pour motiver les interrogations maternelles. Au jugement de Marguerite, une heure où deux sans les voir était une raison suffisante pour s'enqué-rir avec sollicitude, mais toujours avec bienveil-lance, de leur conduite.

Un bon conseil était la suite heureuse de l'en-quête. Ses fils devenaient, pour ainsi dire sans efforts, polis, posés, modestes ; et, s'il leur échap-pait une étourderie, ils avouaient les premiers leur faute et promettaient d'être plus vigilants à l'avenir.

CHAPITRE VI

Touchants exemples de la formation chrétienne des fils de Marguerite.

Douée d'une parole facile et d'un esprit vif au service d'une foi ardente et profonde, c'était un bonheur, un besoin, pour Marguerite, de parler du Dieu qui possédait sa pensée et remplissait son cœur.

Le saint Nom du Seigneur était continuellement sur ses lèvres, et la présence de Dieu, moyen par excellence de l'éducation chrétienne, devenait ainsi familière et comme habituelle aux enfants.

« Dieu te voit ! » c'était là son grand mot. Et cette vérité salutaire se gravait au fond de leurs âmes en caractères indestructibles.

S'ils allaient jouer dans les prés, avec sa permission, elle les congédiait en disant : « Souvenez-vous-en bien, Dieu vous voit. »

Si l'un d'eux, sous le coup d'une impression
fâcheuse, paraissait rêveur et sombre :

« Dieu connaît tes pensées les plus secrètes,
murmurait-elle à son oreille ; ne l'oublie pas ! »

Et si, devant une question franche, l'enfant
se dérobait par un subterfuge, par un léger mensonge peut-être :

« Prends garde ! on ne ment pas à Dieu, »
disait-elle avec énergie.

Les admirables spectacles de la nature lui
offraient, à la campagne, l'occasion facile de
raviver dans l'âme de ses fils le souvenir du
Créateur. Au seuil de l'humble demeure, par
un belle soirée, elle levait les yeux au ciel et
s'écriait :

« Comme c'est beau ! et Dieu l'a créé pour
nous ! C'est Lui qui a semé là-haut tant d'étoi-
les ! Que sera-ce du paradis ! »

A la vue des prés fleuris, d'une aurore sereine,
d'un magnifique coucher de soleil :

« Que de belles choses a faites le Seigneur !
Et c'est pour nous ! ! ! »

L'orage gronde. Effrayés par les coups de
tonnerre, les enfants se serrent autour d'elle :

« Voyez comme notre Dieu est puissant ! Qui
pourra lui résister ? Gardons-nous de l'offenser
jamais. »

La grêle a détruit la récolte, ruiné les plus belles espérances ; elle s'en va tristement avec eux constater le désastre, mais il y a toujours sur ses lèvres une parole de foi :

« Le Seigneur nous l'avait donné, le Seigneur nous l'a ôté ; que son saint Nom soit béni !

« Quels châtiments terribles il réserve aux impies ! On ne se joue pas de Dieu impunément ! »

La récolte, au contraire, a réussi ; la moisson est abondante ; les enfants aident joyeusement à recueillir les gerbes :

« Rendons grâces au Seigneur, s'écrie-t-elle ; qu'il est aimable de vous donner ainsi le pain quotidien ! »

C'est l'hiver. Assis autour d'un feu qui pétille, les enfants écoutent une histoire ; le vent siffle au dehors, la neige tombe à flocons épais ; Marguerite s'interrompt pour leur inspirer amour et gratitude envers la divine Providence qui leur a donné un abri, un foyer :

« Que le Seigneur est bon ! Comment reconnaître ses bienfaits ! Oh ! oui, Dieu est un bon Père : *Notre Père, qui êtes aux cieux...*

Marguerite savait tirer admirablement les conséquences morales et pratiques de tous les événements qui frappaient l'imagination des enfants.

Persuadée que l'oisiveté est la mère de tous les vices, elle s'ingéniait à leur procurer non seulement des occupations, mais des distractions compatibles avec leur âge. Elle était heureuse quand ils se passionnaient pour un objet, un amusement qui les absorbait tout entiers.

L'enfant éprouve souvent le désir de posséder un oiseau, de s'emparer d'un habitant de l'air, et, sur ce point, bien des hommes sont enfants. Marguerite ne jugea pas opportun de s'opposer absolument à ce plaisir : elle craignait avant tout le désœuvrement.

Après avoir donné ses avis dictés par la prudence, elle permettait quelquefois d'aller aux nids, elle avait même appris aux enfants l'art de construire la prison des oiseaux et l'art plus difficile encore de nourrir et d'élever les captifs.

Au tronc d'un arbre, Jean découvre, un jour, une couvée de fauvettes à tête noire et il prend aussitôt la résolution de s'en emparer ; mais l'entreprise n'est pas sans obstacles. Pour arriver à l'objet convoité, il faut passer la main et engager le bras dans une fente assez étroite de l'arbre.

Jean pénètre jusqu'au nid ; mais, pour retirer le bras, la difficulté redouble. Les efforts de l'enfant n'aboutissent qu'à faire gonfler les chairs,

la main est serrée comme dans un étau ! Sur ces
entrefaites, la maman, qui travaillait non loin
de là, appelle Jean.

« Je ne puis y aller.

— Et pourquoi ?

— J'ai la main prise dans l'arbre, je ne puis
l'en sortir. »

La maman court à lui, dégage non sans peine
le malheureux prisonnier, et, mettant à profit
l'occasion :

« C'est ainsi que la justice des hommes, ici-
bas, et, plus tard, la justice de Dieu saisissent
les coupables qui veulent dérober le bien d'autrui. »

Un autre jour, dans une touffe de buis, l'enfant
découvre une belle nichée de rossignols ; pour
les mettre en cage, il attend les premières plumes, et rend de fréquentes visites à ses futurs
élèves.

Ce nid faisait son bonheur. Mais hélas ! un
coucou perché sur un arbre voisin avait aperçu
la pauvre mère ; il fond sur elle et fait de toute
la couvée un carnage effroyable ; puis, s'empa-
rant du logis dont il a tué les hôtes, il s'y établit
et n'en bouge plus.

Jean était stupéfait et désolé d'avoir perdu ses
oiseaux.

La raison du massacre, et de l'installation du coucou dans le nid de ses victimes ne tarda pas à se révéler à ses yeux : le gros oiseau couvait l'œuf qu'il avait pondu, immédiatement après le meurtre, dans le nid du prochain.

Le lendemain, dès l'aube, Jean se mit en observation. Tout à coup, un chat, dont l'œil perçant a pénétré le feuillage, s'élance d'un bond sur le voleur ; de sa griffe il lui saisit la tête, l'enlève et le dévore sans pitié.

Très satisfait de cet acte de justice expéditive, Jean voulut suivre jusqu'au bout l'aventure, et voici comment il fut témoin d'un nouvel épisode.

Le rossignol survivant revint à son nid, trouva l'œuf et le couva jusqu'à l'éclosion d'un petit monstre, au gros bec, aux yeux méchants : la laideur même.

Le hideux nourrisson fut soigné néanmoins comme un fils unique, et Jean venait, plus d'une fois le jour, contempler cette scène intéressante et touchante à la fois.

Bref, le coucou revêtit les premières plumes ; Jean l'emporta et le mit en cage. Mais un oubli, trop ordinaire en pareil cas, amena forcément une catastrophe.

Pendant deux jours le coucou était resté sans nourriture. Deux jours, c'était trop ! De son bec pointu, le pauvre affamé avait essayé de forcer les barreaux de sa cage. La tête avait passé, mais les fils de fer s'étaient refermés, et dans un suprême effort le malheureux s'était étranglé !...

Jean vint conter ses infortunes à sa mère et lui montra l'oiseau mort.

« Eh bien, dit la maman, voilà l'histoire de l'homme fort, mais injuste ; il finit par trouver un plus puissant que lui. Dieu ne permet pas qu'il jouisse impunément d'un bien mal acquis.

« Le petit du coucou n'avait pour héritage qu'un nid volé, de là ses malheurs. Le bien mal acquis ne porte pas bonheur aux enfants. Vous pouvez bénir le Seigneur, vous. Ton père n'avait pas un centime qui ne fût à lui. Imite-le ; sois toujours un honnête homme ! »

Toutes ces applications étaient si claires, si pratiques et si bien adaptées à l'âge des enfants, qu'elles pénétraient d'elles-mêmes au fond de leur cœur et pour toujours.

Qu'on nous permette encore de citer quelques traits, pour montrer comment cette bonne mère savait profiter des occasions les plus insignifiantes en apparence, pour en faire sortir une leçon de vertu.

Jean, cette fois, s'est emparé d'une chouette.
Il l'élève avec le soin qu'on peut imaginer,
après ces déceptions déjà nombreuses.

Il revient de la cueillette et porte au bras un
beau panier de cerises. Il en présente une à son
oiseau qui l'avale gloutonnement, y compris le
noyau ; puis, ouvrant le bec, il en redemande
une seconde à grands cris. Ce désir est aussitôt
satisfait, mais la chouette est insatiable, et Jean
s'amuse à ce jeu. « Tiens, tiens », disait-il en
riant. Elle en prit si bien que, ouvrant le bec
et jetant un regard de détresse, elle secoua la
tête pour ne plus se relever.

Jean raconte à sa mère la funèbre nouvelle.

« Ainsi finissent les gourmands. Pour hâter
la mort, il n'est rien de tel que l'intempérance
et la gloutonnerie. »

Un beau chien, l'ami privilégié des enfants,
gardait la maison. Pour être agréable à ses
parents, Marguerite consentit à s'en séparer.

Elle le conduisit à leur habitation, assez éloignée de la sienne. Mais, fidèle à ses amis, le
pauvre animal a bientôt repris le chemin connu
et devancé Marguerite aux Becchi.

Toutefois, comme s'il avait conscience de sa
faute, il arrive un peu honteux ; il s'approche,
la tête basse, rampant à chaque pas et implo-

rant le pardon ; mais ne voyant plus sur le visage de ses jeunes maîtres le sourire habituel, il se retire et se couche tristement dans un coin.

Peu de jours après, les parents vinrent le prendre eux-mêmes et l'emmenèrent chez eux ; mais à peine ce pauvre chien fut-il mis en liberté que, malgré l'accueil peu aimable qu'il avait reçu aux Becchi, l'amitié l'emporta et le voilà de retour à son ancien logis.

La première réception avait été froide, la seconde fut mauvaise. Un des enfants prend un bâton pour l'effrayer, et pour s'en servir peut-être ; au lieu de fuir, le fidèle animal se couche sur le dos et semble dire : « Battez-moi tant qu'il vous plaira, mais ne me renvoyez pas. »

« Voyez-vous, disait Marguerite aux enfants tout émus, voyez-vous la fidélité et l'attachement de ce chien pour ses premiers maîtres ?

« Ah ! si nous avions la moitié de cette soumission, de cet amour pour Dieu, les choses iraient autrement dans le monde, et le Seigneur serait glorifié.

— Mais, répliqua Jean le philosophe, les bêtes agissent par instinct et n'ont aucun mérite à bien faire.

— Et les hommes, disait la mère, n'ont-ils pas reçu du Créateur le bel instinct de l'amour ?

Que faut-il penser de ceux qui ne suivent même
pas ce divin instinct et qui ne se servent de leur
volonté que pour offenser Dieu ? Ne sont-ils pas
doublement coupables, et ne devraient-ils pas
rougir de recevoir des animaux une leçon d'obéissance et de fidélité ? »

CHAPITRE VII

La correction maternelle.

En corrigeant les enfants, Marguerite n'était pas femme à jeter des cris, à s'irriter, à prendre une décision dans le feu de la colère. Toujours calme, sereine, affable, on ne vit jamais un nuage sur son front.

Ses fils n'ignoraient pas combien ils étaient aimés, et ils lui rendaient en retour une affection sans égale. Toutefois, cette mère si tendre était fidèle au devoir de les avertir et de leur adresser la réprimande en temps opportun.

La douceur ne dégénérait pas, chez elle, en faiblesse, et ses fils étaient persuadés qu'elle aurait eu recours, s'il en avait été besoin, aux châtiments corporels.

Elle n'avait pas renoncé au droit de punir, et, comme signe de ce droit, elle avait posé une baguette à demeure dans un coin de l'appartement ; mais elle n'eut jamais besoin d'user de ce moyen si pénible au cœur d'une mère.

Elle suppléait à ce genre de punition par des procédés ingénieux qui réussissaient à merveille sur des cœurs façonnés de longue main à l'obéissance religieuse.

Un jour d'été, par une chaleur brûlante, Joseph et Jean revenaient de la promenade, haletants et dévorés de soif. Jean avait alors quatre ans.

La maman leur offrit à boire et commença par Joseph. Jaloux de cette espèce de préférence, Jean se mit à bouder et refusa de boire quand son tour arriva.

Marguerite remit silencieusement l'eau à sa place.

L'enfant demeura pensif un instant, puis d'une voix timide :

« Maman...

— Eh bien !

— A boire, je vous prie.

— Tu n'as pas soif, il me semble ?

— Maman, pardon !

— A la bonne heure. »

Et, la leçon donnée, elle s'en alla prendre la cruche et la présenta aimablement à ses lèvres.

Le même enfant, très ardent par nature et pétulant comme on l'est à cet âge, avait commis une impatience assez notable. Marguerite l'appelle ; l'enfant accourt, et elle lui dit :

« Mon chéri, vois-tu cette verge ?

— Eh ! oui, je la vois, répond l'enfant tout honteux et reculant à distance.

— Prends-la et donne-la-moi.

— Que voulez-vous en faire, maman ?

— Prends-la toujours, nous verrons ensuite.

— Mais, peut-être, c'est pour l'essayer sur mes épaules ?

— Pourquoi pas, si tu fais des sottises ?

— Je ne le ferai plus, maman, je ne le ferai plus »

Après le dialogue, on échangeait une amicale parole, et cela suffisait pour être plus attentif à l'avenir.

Malgré son caractère affectueux et doux, Joseph, encore enfant, avait parfois ses colères, ses caprices et ses résistances aux ordres maternels.

La maman prenait alors par la main le petit rebelle qui se jetait à terre, se débattait et criait en vain. Tranquille, ferme et patiente, Marguerite tenait bon.

« Je ne te lâcherai point, disait-elle, dussé-je demeurer là tout le jour ; c'est à toi de céder. »

Et si Joseph continuait à tempêter, elle lui disait :

4

« Ne vois-tu pas que je suis la plus forte ?
Tu ne seras pas le maître. Et souviens-toi que
le Seigneur déteste les méchants, il les juge et
les châtie. Crois-tu pouvoir échapper à Dieu ? »

Convaincu de l'inutilité de ses efforts, et frappé
de ces dernières paroles, Joseph levait les yeux
vers sa mère dont le visage respirait une inaltérable bonté. Sur les lèvres maternelles s'épa-
nouissait un sourire, et tout était terminé.

Le sourire d'une mère ! Qui pourra dire tout
le bien qu'il fait au cœur de l'enfant ! Il y
répand jusqu'au fond l'amour et la joie. Plus
tard, au cours des années, il allège les peines
de la vie, il rend meilleur le cœur de l'homme.
C'est le souvenir le plus délicieux, le stimulant
le plus efficace à l'accomplissement des rudes
devoirs : c'est un reflet du paradis.

Telle était la méthode, si l'on peut ainsi parler,
que Marguerite employait dans la correction de
ses fils.

La punition, à ses yeux, ne devait jamais pro-
voquer la colère, la désaffection, la défiance.
Insinuer, persuader à ses enfants d'agir en tout
par amour et avec le désir de plaire au Seigneur,
telle était sa maxime souveraine.

Et voilà pourquoi Marguerite était une mère
adorée.

CHAPITRE VIII

Le rôle de la grand'mère. — Sa sollicitude et celle de Marguerite pour la bonne éducation des enfants.

L'obéissance exacte, à laquelle Marguerite sut plier ses fils, était moins encore le fruit de sa parole que celui de son exemple.

En mourant, son mari lui avait confié sa mère, que les infirmités condamnaient souvent à garder le lit ou à rester assise sur une chaise. Mais, habituée dès l'enfance à une grande activité, la bonne et pieuse femme travaillait pour la famille autant que ses forces le lui permettaient.

Elle tricotait, raccommodait, préparait le repas, balayait quand elle pouvait, et, grâce à elle, l'ordre régnait dans la maison.

Quand sa bonne volonté demeurait impuissante, Marguerite mettait la dernière main à

l'œuvre, car elle était, elle aussi, très amie de
l'ordre et de la propreté.

Dans la pensée comme dans la volonté de Marguerite la belle-mère devait être la dépositaire
de l'autorité souveraine.

En conséquence, elle la vénérait à l'égal de
sa propre mère, lui obéissait et la consultait en
toute occasion. S'il y avait divergence d'opi-
nions, elle se soumettait au jugement de sa
belle-mère.

Heureuse de lui être agréable, elle allait au-
devant de ses moindres désirs, s'efforçant, par
exemple, de lui procurer les mets qui pouvaient
lui plaire. Durant le jour, et pendant l'hiver
surtout quand ses traveux le lui permettaient,
Marguerite passait près d'elle ses moments libres. La nuit, quand les crises auxquelles elle
était sujette étaient plus fréquentes, les spasmes
plus violents, elle veillait à ses côtés avec une
tendresse vraiment filiale.

Marguerite n'allait point au marché sans avoir
une attention pour la bonne vieille. Elle rap-
portait pour elle une pâte plus fine, un pain
plus tendre, un biscuit, une primeur.

Ce respect pour la grand'mère, la *nonna*,
Marguerite l'exigeait de ses fils, sans limites,
partout et toujours.

« Vous devez à votre grand'mère, disait-elle fréquemment, une obéissance plus prompte qu'à moi-même, ne l'oubliez pas ! »

Un manque de respect et d'égards l'aurait trouvée inexorable. Malgré son amour pour ses enfants, jamais elle ne leur donna raison contre elle. Une réprimande, une punition même, infligée par la grand'maman, était toujours juste à ses yeux ; la lever ou la diminuer aurait été pour elle une faute, et sa bonté réfléchie ne s'opposa jamais à la sévérité parfois un peu rigoureuse de la vieille mère.

Cette harmonie parfaite était d'autant plus nécessaire à la bonne éducation des enfants que l'administration matérielle tout entière pesait sur les épaules de Marguerite. Sur elle seule retombait la charge de cultiver la propriété, d'acheter ou de vendre aux marchés du pays, et non seulement elle remplissait avec un courage viril les devoirs ordinaires des femmes de la campagne, mais les travaux les plus rudes, réservés généralement aux hommes, ne l'effrayaient pas.

Un de ses frères venait de temps en temps à son aide, mais ses affaires ne lui permettaient pas toujours de rendre à sa sœur le service désiré.

C'est alors qu'on voyait cette vaillante femme
faucher, labourer, semer, couper le blé, le lier,
en gerbes, le jeter sur la charrette, le battre sur
l'aire, et enfin porter les sacs de blé jusqu'au
grenier.

A la tête des journaliers, elle semblait infatigable, et, pour ne pas être vaincus par une
femme, ils déployaient leurs forces sans pitié
pour eux-mêmes.

Les multiples occupations de maîtresse de
maison obligeaient Marguerite à des absences
fréquentes ; mais elle savait que les enfants
seraient admirablement surveillés, et, sûre de
rencontrer dans la grand'mère une aide puis-
sante, un cœur disposé à la seconder de toutes
manières, elle marchait en pleine assurance au
seul but qu'elle ambitionnait : la conservation
de l'innocence de ses enfants, le salut de leurs
âmes, et la gloire de Dieu.

Comme la noble dame romaine, l'humble
paysanne aurait pu dire :

« Mes joyaux sont mes fils ! »

Les enfants de Marguerite étaient, en effet,
son trésor, son plus bel ornement, sa gloire. Elle
n'aimait pas seulement en eux la beauté inté-
rieure, elle voulait encore, dans une certaine

mesure, la beauté ou plutôt la bienséance extérieure.

Le dimanche, ils mettaient leurs plus beaux
habits ; leurs cheveux, un peu longs, étaient
frisés et noués par un joli ruban ; et, la main
dans la main, on se rendait joyeusement à la
Messe.

Tous ceux qui rencontraient la charmante
famille, et particulièrement les mères, s'arrê-
taient pour féliciter Marguerite.

« Oh ! les jolis enfants ! s'écriait-on, on dirait
de petits anges ! »

Marguerite jouissait dans son cœur des éloges
donnés à ses fils, mais son bonheur venait de la
source élevée du sentiment chrétien. Et comme
la flatterie, toujours périlleuse, arrivait aux oreilles des enfants :

« Savez-vous bien, leur disait-elle, pourquoi
je vous ai faits beaux aujourd'hui ? C'est par
respect pour le saint jour du dimanche, le jour
du Seigneur ; c'est pour manifester au dehors
la joie qui doit nous animer au dedans.

« Ce qu'il faut par-dessus tout, mes enfants,
c'est la pureté de l'âme. Il importerait peu d'être
bien vêtus, si votre cœur était enlaidi par le
péché. Méritez les louanges de Dieu ; les applaudissements des hommes ne servent, le plus sou-

vent, qu'à faire des ambitieux et des superbes.

« On vous a dit que vous ressembliez à des
anges. Soyez, en effet, des anges, surtout à
l'église ; priez comme eux. Priez les mains join-
tes, sans tourner la tête ni babiller. Alors Jésus,
dans son tabernacle, sera content de vous voir
pieux, modestes, et il vous bénira. »

En formant des chrétiens, Marguerite travaillait à faire de ses fils des hommes. De bonne
heure, elle voulut les façonner à une vie sobre,
laborieuse et dure. Un morceau de pain sec
faisait tous les frais du déjeuner, on ignorait,
bien entendu, jusqu'au nom de café au lait.

Au retour du collège, et plus tard quand il
entra dans la cléricature, Jean ne connut point
d'autre régime.

Le lit du petit séminaire comprenait un mate-
las, mais, pendant les vacances, Jean dormait
sur la paille, et il ne s'en portait pas plus mal.

« Il vaut mieux s'habituer à la dure, disait
Marguerite, il ne sera point difficile de reprendre ses aises. Qui sait ce que tu seras un jour !
Comme on est heureux de pouvoir affronter une
vie de privations et de la supporter vaillam-
ment ! »

Afin de tremper plus fortement encore le caractère de ses fils, elle ne craignait pas de res-

treindre pour eux le sommeil, si cher aux enfants.

« L'homme qui dort ne prend pas de poissons, » disait-elle souvent.

Le soir, elle les occupait à divers petits travaux qui avaient généralement pour but une œuvre de charité. Les enfants se couchaient habituellement à une heure assez tardive, et le matin, cependant, au point du jour, il fallait être sur pied et sans délai.

« Notre vie est courte, le temps passe vite, répétait Marguerite ; les heures que nous consumons dans un sommeil inutile sont perdues pour le paradis ; les minutes que nous pouvons lui dérober sont une prolongation de la vie... Le sommeil est l'image de la mort ; gagner du temps et le bien employer, c'est gagner des mérites pour le ciel. Que de mérites nous pouvons acquérir en un jour ! »

Ces fortes pensées faisaient surtout impression sur l'esprit de Jean.

CHAPITRE IX

Le courage tempéré par la prudence.
Suggestif épisode.

En se rendant de Buttigliera au hameau des Becchi, le voyageur découvre à sa droite, sur la colline, une maison isolée : c'est la demeure de Marguerite Bosco.

Du pied de la colline à la route s'étend une prairie plantée d'arbres fruitiers. Sur le pré paissent deux génisses en compagnie de quelques dindons. Les enfants gardent tour à tour le petit troupeau.

Or, il advint, un jour, qu'un des volatiles ne répondit point à l'appel, et Jean n'avait vu personne. Inquiet, il fouille du regard les environs et finit par apercevoir un homme de haute taille qui s'éloignait assez vite, et sans paraître s'occuper du berger.

Le raisonnement fut prompt et la résolution vite prise. Nul indice, néanmoins, ne mettait

sur la trace du voleur. Le dindon ne se dessinait
sous aucune forme, mais, fort de sa conviction,
Jean s'élance, atteint le voyageur suspect et
l'arrête :

« Vous n'irez pas plus loin ! »

L'homme jette un coup d'œil peu sympathi-
que sur son intrépide interlocuteur :

« As-tu la cervelle à l'envers ? Laisse-moi la
paix, et bonsoir.

— Vous n'avez pas compris ? Le dindon, vous
dis-je, le dindon que vous avez volé ! »

Le passant ouvre ironiquement sa veste :

« Je l'ai mangé, peut-être, ou mis dans ma
poche, qu'en dis-tu ?

— Vous ne l'avez pas dans vos poches, c'est
vrai, mais je le veux, voilà tout !

— La plaisanterie devient un peu forte, mon
garçon, je n'ai pas de temps à perdre avec toi. »

Et, ce disant, il continue sa route. Jean lui
barre le chemin.

« Vous ne partirez pas sans avoir restitué
mon bien. Je crierai au voleur, et si mes cris ne
suffisent pas, je m'attache à vos jambes. Non,
vous ne partirez pas. »

Devant une résolution aussi ferme, et dans la
crainte d'avoir été reconnu ou de l'être, l'homme
revient sur ses pas, se dirige vers une haie

épaisse et retire, d'un fossé profond, le sac dans lequel il avait enfermé la pauvre bête. Evidemment il se proposait, la nuit venue, d'emporter le précieux butin.

« Tu vois, dit-il, je voulais plaisanter, et mettre ta vigilance à l'épreuve. Voilà ton bien, et soyons amis.

— A la bonne heure, lui dit l'enfant ; allez, maintenant, mais ne recommencez plus ce jeu-là, car autrement vous auriez affaire à moi !

Jean court au logis conter sa prouesse. Bien des mères auraient vanté sa bravoure, pesté contre le voleur, et fatigué les voisins du récit l'aventure. Marguerite ne le fit point ; au contraire, elle blâma l'enfant avec douceur et trouva qu'il avait été trop hardi.

Elle lui fit observer que si cet homme n'avait pas été le voleur, il l'offensait gravement, et, en tous cas, il s'exposait à recevoir un mauvais coup.

« Si j'avais fait tous ces raisonnements, la dinde serait perdue.

— Eh bien, répliqua Marguerite, le malheur, après tout, n'était pas si grand, et je ne défends pas si rigoureusement mes droits, quand il y a danger de blesser la charité ou de perdre la paix avec le prochain. Pour une grappe de raisin,

pour un fruit de plus ou de moins, on n'en
meurt pas, et je n'aime point la guerre.

— Alors, maman, vous nous laisseriez piller
sans vous plaindre ?

— Doucement, doucement. Si vos intérêts
étaient sérieusement en cause, vous verriez si
je suis femme à reculer devant les plus forts.

— Enfin, mère, j'ai donc mal fait ?

— Non, je ne dis pas cela ; l'intention était
bonne le succès l'a couronnée ; mais pourquoi
ne pas accepter l'excuse du coupable ? Tes paroles de menace étaient au moins inutiles. Garde
un silence absolu sur cette affaire, et si tu
rencontres cet homme, fais-lui voir que tout est
oublié. Un seul ennemi est un ennemi de trop. »

En donnant à ses fils des leçons de prudence,
Marguerite ne leur donnait pas moins des leçons
de courage. Le fait suivant nous en fournira une
preuve. Sans doute, il ne s'agit point ici d'hé-
roïsme, cela viendra peut-être.

C'était une de ces années malheureuses où
la vigne n'avait pas réussi ; le raisin était rare,
et, selon l'usage, à l'approche des vendanges,
chacun faisait bonne garde, parce que les rô-
deurs de nuit dépouillaient les ceps d'autrui
pour enrichir leurs caves.

Or, nous l'avons dit, la maison de Marguerite

était isolée au milieu des bois. Que pouvait une femme, avec trois enfants, contre des gens déterminés au pillage ? Il y avait donc péril imminent de voir, un beau matin, la vigne saccagée et le meilleur revenu enlevé.

Déjà, le long du sentier, les raisins avaient disparu, et Marguerite n'était pas d'humeur à tolérer ce brigandage sans protestation. Sa vigilance était en éveil.

Un jour, sur le sentier longeant la vigne, elle voit un homme qui jetait sur la clôture des regards furtifs et semblait étudier un passage. Marguerite prévient les enfants :

« Je crains les pillards ; cette nuit nous monterons la garde. Au signal donné, vous crierez de toute la force de vos poumons : *Au voleur !*

La nuit venue, on s'assied au seuil de la maison, dans un silence profond, l'oreille et l'œil au guet.

Bientôt se dessine au fond de la vigne une ombre suspecte. Elle contourne la haie, pénètre dans l'enclos, suit une rangée de ceps, se baisse et détache une grappe de raisin :

« Misérable, s'écrie Marguerite toujours animée par sa foi, pour quelques grappes de raisin veux-tu donc aller en enfer ? »

Et les enfants de crier aussitôt : « Au voleur !

au voleur ! Par ici les gendarmes, le voleur est
là. » Et secouant des pelles de fer et autres
ustensiles de cuisine, ils font un fracas épouvantable.

Effrayé et hors de lui, le voleur abandonne
son maigre butin, et se précipite au bas de la
colline, au risque de se rompre le cou.

« Voyez-vous, disait Marguerite, nous avons,
sans armes, remporté la victoire et mis en dé-
route l'ennemi. Ce n'est pas plus difficile que
cela ! »

Les enfants, heureux de leur triomphe, riaient
à cœur joie.

Peu de temps après, le voleur, coutumier du
fait, était pris en flagrant délit et condamné à
plusieurs années de prison. C'était la justice
des hommes en attendant la justice de Dieu.
Marguerite ne manqua pas de profiter de cet
événement, pour donner à ses deux fils une
nouvelle leçon. Quelles doivent paraître mesqui-
nes et misérables, à l'habitant d'un cachot, les
jouissances fugitives que lui a procurées son
improbité ! Et pourtant le châtiment d'ici-bas
n'est qu'une ombre auprès de celui de la vie
future...

CHAPITRE X

Charité généreuse de Marguerite.

Faire du bien à tous et toujours, et ne faire de mal à personne, telle était la maxime inviolable de Marguerite, et jamais elle ne se permit envers le prochain la moindre parole désobligeante ou peu aimable.

Les mauvais procédés ne pouvaient l'émouvoir, car ils n'arrivaient pas jusqu'à son cœur, et on peut dire qu'elle n'eut jamais à pardonner, car elle ne se considéra jamais comme offensée. Son exquise sensibilité s'était élevée jusqu'à la charité la plus tendre, et la pauvre paysanne était devenue la mère de tous les nécessiteux des alentours.

Ce n'était point assez pour elle de se prêter aux services de bon voisinage, de donner l'eau, le feu, le bois ; mais le pain, l'huile, la farine de blé, de maïs, s'en allaient à vue d'œil ; les importuns ne la fatiguaient pas.

5

Elle ne savait rien refuser et l'on puisait chez elle absolument comme si elle avait été riche.

Les malades et les infirmes étaient ses privilégiés. Elle leur prodiguait son meilleur vin, sans compter et sans retour. Tel qui, dans la détresse, avait emprunté du pain sans le rendre, revenait à la charge, tout honteux, faisant des excuses pour le passé et des promesses pour l'avenir. Marguerite acceptait l'excuse, souriait à la promesse, satisfaisait à la demande, et l'emprunteur s'en allait content.

Par le fait de son isolement et de la générosité de Marguerite, la maison des Becchi recevait parfois d'étranges visiteurs.

Certains personnages, appelés vulgairement *repris de justice*, venaient y demander l'hospitalité. Dans la crainte de tomber au milieu des gendarmes, ils appelaient de loin, à voix basse, la maîtresse de la maison.

Marguerite répondait à leur appel, ouvrait sans crainte et donnait l'hospitalité aux pauvres diables qui, ravis de sa bonté, voulaient, avant de gagner leur lit de paille, lui baiser les mains en signe de reconnaissance.

« Ce qu'il me faut, disait-elle, c'est votre prière. Promettez-moi de la bien faire avant de vous endormir. »

Ils promettaient et s'exécutaient de bonne grâce, passaient la nuit silencieux et doux comme des agneaux, et, chose extraordinaire, Marguerite n'eut jamais à se repentir de sa charité à leur égard.

Sa maison servait encore de rendez-vous aux gendarmes. Ils venaient assez fréquemment frapper à sa porte pour échanger leur correspondance, ou se reposer d'une course longue et pénible. La situation devenait critique et même dramatique si les gendarmes envahissaient subitement la chambre occupée par *leurs clients* en rupture de ban.

Ces derniers se réfugiaient au plus vite dans le coin le plus obscur, avalaient sans bruit les restes d'une excellente *galette*, et subissaient parfois une conversation beaucoup trop longue à leur gré.

Les gendarmes, assis autour de la bouteille traditionnelle, ne se pressaient guère, en effet, de quitter la place et de se remettre en route.

Voici des preuves nouvelles et plus intéressantes de l'inépuisable générosité de Marguerite.

Il n'y avait pas alors, comme aujourd'hui, de belles routes, et les auberges étaient rares. Les voituriers et les marchands ambulants poursuivaient leur voyage la nuit, et quand le temps était mauvais, ils étaient fort heureux de trouver un abri.

Or, on le savait à plusieurs lieues à la ronde, aux Becchi se rencontraient toujours et bon gîte et bons cœurs : on en profitait largement.

En un clin d'œil, le souper était sur la table, et si, malgré sa prévoyance, Marguerite était prise au dépourvu, son savoir-faire lui venait en aide et le prochain ne demeurait pas affamé.

De plus, son affabilité et sa belle humeur mettaient en appétit les convives de passage, et les hôtes ne savaient, au départ, comment témoigner leur gratitude.

Plusieurs offraient de payer la dépense, et c'était justice, mais Marguerite répondit simplement : « Je reçois des amis ; je ne tiens pas auberge. »

Si Marguerite accueillait avec libéralité des gens qui n'avaient à subir que l'ennui d'un moment, il est facile de se faire une idée de sa sollicitude pour les pauvres.

Jamais un malheureux ne quitta sa demeure hospitalière le cœur triste et les mains vides.

Une nuit d'hiver, par le froid et la neige, un mendiant vint lui demander asile. Sa chaussure, en lambeaux, ne tenait plus à ses pieds ; il avait froid, il avait faim. Marguerite allume un bon feu, le réchauffe, lui donne à manger, et lui prépare un bon lit.

Le lendemain, le mendiant veut partir : il n'a pas de souliers et Marguerite n'en a point à lui donner ; mais sa charité est inventive. Elle enveloppe d'un drap solide les jambes du mendiant ; sous la plante des pieds, elle attache une semelle de cuir, lie le tout avec des bandelettes, et le pauvre s'en va, le cœur plein de reconnaissance pour une charité si compatissante et plein d'amour pour le Seigneur qui l'inspire.

Les fils de Marguerite aimaient à raconter, plus tard, ce trait d'un cœur qui rappelait celui du bon Samaritain.

CHAPITRE XI

La récompense d'une bonne action.

Ne disposant que de ressources modiques, Marguerite, toutefois, ne mettait pas de bornes à sa charité. Comment expliquer cette contradiction apparente ! Ah ! c'est que, à l'heure voulue, la bonne et sainte Providence venait en aide à sa pieuse servante.

Un jour, la farine et le pain manquaient à la maison, le four était chauffé, la pâte seule était absente. Tout à coup un certain Louis Veglio, du voisinage, entre pour saluer Marguerite.

Témoin de son embarras, il s'en va droit à son habitation, appelle un serviteur et lui dit : « Prends un sac de farine et viens avec moi. » Arrivé non loin des Becchi et lui montrant la maison, il lui dit : « C'est là, et surtout ne dis pas que c'est moi qui l'envoie. »

Le domestique exécute la commission, remet le sac de farine entre les mains de Marguerite et

répond à ses interrogations qu'il a l'ordre de se
taire ; mais, pressé de questions, il s'embrouille,
et Marguerite a bientôt soupçonné le nom du
généreux donateur.

Caché près de là et témoin du dialogue, Louis
Veglio, se croyant découvert, entre franchement :
« Eh bien, oui, Marguerite, c'est moi ! J'aurais
mieux aimé rester inconnu, mais mon pauvre
garçon n'a pas pu tenir le secret. Donc, point
de mystère. « Vous donnez tout aux pauvres,
la plus simple justice nous oblige à vous venir
en aide, et nous le faisons de grand cœur. »

Guidée par le même esprit, la femme de Veglio,
non moins généreuse que son mari, envoyait
aux Becchi de petites provisions de blé, de
maïs et de vin.

« Quand vous n'aurez plus rien à donner,
disait-elle à Marguerite, venez chez nous et
prenez ce qui est nécessaire. S'il vous manque
quelque chose pour vos malades, avertissez-
moi, je serai trop heureuse de m'associer à vos
bonnes œuvres. »

L'ange consolateur de tous les infirmes et de
tous les moribonds de la bourgade, c'était encore
Marguerite. Les assister, les servir, passer à
leur chevet des nuits entières, les préparer à
recevoir les derniers sacrements, leur suggérer,

jusqu'à l'arrivée du prêtre, les beaux sentiments du repentir : telle était la mission que son cœur lui avait imposée.

Ce généreux dévouement n'est pas fait pour nous surprendre dans une femme de foi et de prière, et Marguerite était cette femme-là.

En allant au lavoir, au retour des champs, au milieu des plus durs labeurs, elle priait, et, le plus souvent, elle récitait le saint rosaire.

Il était beau de la voir, à la fin d'une rude journée, revenir à la maison, tenant d'une main les durs instruments de travail et de l'autre un de ses fils !

Au son de la cloche lointaine, venu du fond de la vallée, on récitait l'angélus, on chantait un cantique, et tous les cœurs s'élevaient vers Dieu.

Il n'y avait jamais de raison suffisante pour omettre les prières en commun. Les hôtes de hasard qui s'unissaient au repas étaient invités à s'unir à la prière, et ils ne s'y refusaient jamais. Les gendarmes ôtaient leur chapeau, et pliaient les genoux ; les repris de justice découvraient une tête passablement en désordre, et la louange divine se faisait entendre sur les lèvres de ces hommes qui, depuis longtemps, avaient oublié leurs devoirs religieux. Margue-

rite jubilait, alors, car elle avait atteint le but
principal de son hospitalité.

Le Seigneur voulut, dès ce monde, la récompenser de sa charité.

Vers la fin d'octobre 1841, son fils Jean, ordonné prêtre cette année-là, devait se rendre à
Lavriano, bourgade éloignée, pour y prononcer
le panégyrique de saint Bénigne.

Il célébra d'abord la Messe dans la paroisse
qu'il habitait ; puis, afin d'arriver à temps,
il prit un cheval et piqua des deux.

Tout alla bien jusqu'à moitié route, et il arrivait déjà au vallon de Casal Borgone, entre
Cinzano et Bersano, quand, soudain, une nuée
de moineaux part à quelques pas de là et
s'envole.

Le cheval, effrayé, s'emporte et s'élance à travers les champs. Notre cavalier tient bon, mais
la selle fléchit, et dans un mouvement qu'il fait
pour la redresser, la sangle se rompt, il est jeté
en l'air et il tombe, la tête en avant, sur un
monceau de cailloux.

Du haut de la vallée, un témoin de cette chute
épouvantable accourt avec un domestique au
secours du jeune prêtre, évanoui sur le tas de
pierres. Il le relève, le transporte à son habita-

tion, le couche dans son meilleur lit et l'entoure
des soins les plus charitables.

Au bout d'une heure, Jean revient à lui.

« Ne soyez pas étonné, dit le maître du logis,
vous êtes chez des étrangers, mais ces étrangers, sont des amis. Rien ne vous manquera.
Le médecin ne tardera pas à venir, et l'on est
sur la trace de votre cheval ; tranquillisez-vous.

— Dieu vous bénisse d'une si grande charité,
mon bon ami ! répond Jean-Baptiste. Le mal ne
sera pas grave, j'espère, une épaule démise,
peut-être. Mais où suis-je donc, je vous prie ?

— Vous êtes sur la colline de Bersano, dans
la maison de Jean Calosso, pour vous servir.

« J'ai couru un peu le monde, les foires, les
marchés, et je pourrais vous conter plus d'une
aventure.

— Eh bien, dit Jean, puisque le médecin se
fait attendre, parlez ; une histoire me fera plaisir.

— J'en veux choisir une qui n'est pas sans
ressemblance avec la vôtre, reprit Calosso.

« Il y a quelques années, vers la fin de l'automne, j'allais avec ma jument à la ville d'Asti
pour acheter les provisions d'hiver.

« Au retour, dans la vallée de Murialdo, ma
bête, un peu trop chargée, tombe dans un bour-

bier et reste-là sans mouvement. Tous mes efforts pour la relever furent inutiles, et la nuit
était noire et pluvieuse. Ne sachant à quel saint
me vouer, je crie et j'appelle au secours.

« On me répond d'une maison voisine, et bientôt arrivent un abbé, son frère, et deux hommes
munis de torches allumées. Ils m'aident à dé-
charger le pauvre animal, à le tirer de la boue,
et l'abbé me conduit à son habitation avec tout
mon attirail. Là on me nettoie et on me restaure.
La maîtresse du logis me prépare un bon souper, me donne un lit excellent, et, le lendemain,
quand je voulus payer la dépense :

— Non, non, me dit l'abbé. Qui sait ? demain,
peut-être, à notre tour, nous aurons besoin de
vos services. »

À ces mots, Jean, qui suivait le récit avec le
plus vif intérêt, sentit une larme venir à ses
yeux. Le narrateur s'en aperçut et lui demanda
s'il souffrait davantage.

« Eh ! non, je pleure de joie, s'écria le blessé.

— Que je serais heureux, continua Calosso, de
pouvoir obliger cette bonne famille ! Ah ! les
braves gens !

— Et quel était leur nom ? dit Jean.

— C'est la famille Bosco, dite les *Boschetti*.
Mais vous paraissez bien ému ; les connaissez-

vous ? La bonne mère vit-elle encore ? Et l'abbé,
va-t-il bien ?... »

— L'abbé, mon ami, c'est le prêtre à qui vous
rendez mille fois le peu qu'il a fait pour vous.
C'est lui-même que vous avez couché dans ce
bon lit. La Providence a voulu nous prouver
une fois de plus que la charité appelle la charité, et que le Seigneur lui donne, même ici-bas,
sa récompense. »

Comment redire le bonheur de ce prêtre et
de ce parfait chrétien ! La femme de Calosso,
une sœur, et d'autres parents, apprirent bientôt l'heureuse nouvelle.

Que de fois on avait parlé du charitable abbé !
Quand on sut qu'il était le pauvre blessé lui-
même, ce fut une joie sans pareille, les soins les
plus affectueux lui furent prodigués.

Le médecin, d'ailleurs, constata que l'épaule
n'était pas démise. Le cheval fut retrouvé, et,
peu de jours après l'accident, l'abbé se remit
en route.

Calosso voulut l'accompagner, et, depuis ce
jour, ils demeurèrent unis par les liens de l'amitié la plus étroite et la plus douce.

CHAPITRE XII

Zèle de Marguerite pour le salut des âmes.

Pour bien comprendre et bien décrire la fermeté de caractère de Marguerite, il faudrait en avoir été témoin.

Le péché rencontrait en elle un adversaire implacable. Par tous les moyens, elle en inspirait l'horreur à ses fils et les éloignait des occasions dangereuses avec une prudence rare, une décision prompte.

Dans les hameaux voisins, on aimait la danse, et, pour se divertir, on invitait le ménétrier des environs. Dans le silence du soir, l'instrument joyeux résonnait jusqu'aux oreilles des enfants.

« Maman, maman, s'écriaient-ils, entendez-vous ?

— Oui, oui, j'entends, répliquait Marguerite, mais ce divertissement-là n'est pas fait pour vous.

— Mais...

— Il n'y a pas de *mais* qui tienne ; d'aucune
façon je ne vous laisserai glisser en enfer.
Avez-vous compris ? »

Si les enfants paraissaient contrariés et demeuraient silencieux, la bonne mère les appelait
auprès d'elle et commençait une de ces histoires
de magiciens, de guerriers, de châteaux fantas-
tiques, comme on n'en trouve même pas dans
les romans les plus fameux, et les aventures
étaient si belles et si bien contées que les enfants,
tout yeux et tout oreilles, ne regrettaient plus
la musique.

Quand le récit s'était prolongé bien avant dans
la soirée :

« Allons, mes enfants, disait-elle, allons dor-
mir, mais récitons d'abord une prière pour le
chrétien qui va mourir cette nuit, afin que le
Seigneur daigne sauver son âme ! »

Sur cette pensée salutaire, on priait avec un
grand recueillement, et l'on dormait, le cœur
content, en paix avec soi-même, c'est-à-dire en
paix avec Dieu.

Le zèle de Marguerite ne connaissait pas de
limites. Les jeunes filles, et surtout les plus
abandonnées, étaient l'objet de ses attentions
particulières. Quand elle rencontrait par les
chemins une de ces pauvres enfants insuffi-

samment couverte par de misérables haillons :

« Y penses-tu, ma fille ? disait-elle, l'ange gardien veille à tes côtés, et tu le fais rougir !

— Que voulez-vous ! répondait l'infortunée, je n'ai point d'autre vêtement, et personne ne m'en donne de meilleur.

— Viens donc avec moi, » disait Marguerite ; et, là-dessus, elle la conduisait aux Becchi, raccommodait ses chiffons, y ajoutait un morceau de toile ou d'étoffe, et la congédiait sur une aimable leçon de décence et de modestie.

Ainsi, malgré le travail nécessaire à l'entretien de sa famille, travail acharné, cette femme admirable trouvait toujours du temps, quand il s'agissait des œuvres de charité ; elle attirait ces pauvres filles pour les gagner à Dieu.

Sa maison et sa table leur étaient ouvertes. Elle les aimait et les accueillait comme ses enfants, et ne les laissait point partir sans leur donner les conseils utiles à leur sexe et à leur condition.

Aussi, toutes les jeunes filles du pays, sûres de trouver en elle une amie prudente et bienveillante, la payaient-elles d'une estime pleine d'affection.

Elles apprenaient de sa bouche à fuir les mauvaises compagnies, à se tenir sur leurs gardes

aux veillées d'hiver, à corriger leur langage,
leurs gestes, leurs rires immodérés ; et celles qui
l'écoutaient se faisaient remarquer par cette
bonne tenue et cette modestie chrétienne qui
charment véritablement le cœur des hommes et
surtout le regard de Dieu.

Nous avons dit la facilité avec laquelle Marguerite accueillait les marchands ambulants : la
raison principale, nous l'avons omise, mais le
lecteur pourrait la deviner aisément.

Le fond de la boîte du colporteur recélait trop
souvent des livres et des images obscènes. Marguerite s'y prenait si bien qu'elle se faisait
remettre tout ce qui était mauvais, et le tout
allait au feu, séance tenante.

Les marchands étaient traités dès lors en
amis, ils s'asseyaient à la table de famille, et la
meilleure part était pour eux.

Ils ne quittaient pas la maison sans avoir
pris l'engagement de ne plus vendre des livres
ou gravures qui corrompent les âmes, et ces
hommes, devenus meilleurs, s'éloignaient ravis
de la charité de l'hôtesse.

Devant le scandale, sa franchise et son énergie se révélaient au grand jour.

Un dimanche, elle se rendait à la messe, tenant
par la main Joseph et Jean ; dans la foule se

détachait un groupe d'une dizaine d'hommes d'assez mauvaise mine ; le chef de la bande était un gaillard de soixante ans, naguère condamné pour vol à plusieurs années de prison.

A haute voix, il lançait à droite et à gauche des paroles grossières qui faisaient rire ses compagnons et rougir les passants.

Marguerite n'y peut tenir, elle s'approche et lui dit à voix basse :

« Seriez-vous content si vos filles entendaient de pareils propos ?

— Hé, là ! que voulez-vous ? histoire de rire et de s'amuser ! Est-ce qu'on fait tort à quelqu'un ?

— Mais ce que vous dites est mal ; et si c'est mal, pourquoi le dire ?

— En voilà des scrupules ! mais tout le monde en fait, des plaisanteries !

— Sont-elles pour cela moins coupables ? et si vous tombez en enfer, les autres vous en feront-ils sortir ?. »

A ce mot d'enfer, l'homme éclate d'un rire stupide et ses compagnons lui font écho.

« Comment ! s'écrie Marguerite indignée, à votre âge, avec vos cheveux blancs, au lieu du bon exemple, vous donnez un pareil scandale ! Prenez garde, malheur à vous ! »

Là-dessus, elle fait volte-face avec les enfants, quitte la route, prend à travers les prés un sentier qui mène à l'église, et, demeurée seule avec ses fils, elle s'arrête :

« Vous savez mon amour pour vous, s'écrie-t-elle, mais si vous deviez, un jour, imiter ce vieillard sans pudeur, je prie le Seigneur de vous faire mourir à l'instant ! »

Ce langage n'étonnera pas les mères qui préfèrent la vie de l'âme à la vie du corps, et qui mettent au-dessus de tous les biens l'innocence de leurs fils.

Deux mauvais sujets vinrent, un soir, se planter à quelques pas de la maison, et commencèrent à tenir les propos les plus inconvenants : les enfants pouvaient les entendre :

Marguerite sort et prie les tristes personnages de cesser leur conversation déplacée.

Les deux effrontés lui rient au nez. D'un ton résolu, elle leur intime l'ordre de quitter la place. Les mécréants, sans bouger d'un pas, entonnent une abominable chanson.

« Je suis chez moi, s'écrie-t-elle alors, et vous n'êtes pas chez vous. Je commande, ici ; retirez-vous ! »

Au lieu de partir, les insolents vont tranquillement s'appuyer contre un pilier du fenil et continuent à vociférer d'horribles paroles.

Marguerite n'est pas vaincue : « Courez, dit-elle à ses enfants, courez chercher les parents de ces deux misérables, dites-leur de venir au plus vite ! »

La mère de l'un des garnements et le frère de l'autre arrivent : il y eut une scène ; mais, enfin, les deux polissons déguerpirent et la force demeura d'accord avec le droit.

CHAPITRE XIII

Germes de vocation. — Le petit prédicateur.

Joseph et Jean différaient de caractère et d'inclination. Joseph, tranquille et doux, n'en avait pas moins l'esprit subtil et délié. Il aurait fait un habile commerçant, si la vie paisible de la campagne n'avait eu toutes ses préférences.

Jean-Baptiste avait l'âme ardente, un cœur tendre, une mémoire excellente, une facilité prodigieuse à s'approprier les arts et les métiers qu'il voyait exercer autour de lui.

Il se faisait, au besoin, cordonnier, tailleur, menuisier ou forgeron.

Ce savoir-faire devait être, un jour, admirablement utilisé au profit de ses œuvres de charité.

Jean parlait et observait beaucoup. Il savait écouter et se taire ; il cherchait à deviner la pensée de l'interlocuteur, et montrait, de bonne

heure, dans toutes ses actions, une sagesse vraiment étonnante.

La plus parfaite union régnait entre les deux
frères. La volonté de l'un était la volonté de
l'autre ; les contestations étaient inconnues. Leur
seule émulation consistait à se faire mutuellement d'agréables surprises.

Marguerite suivait d'un œil attentif le déve-
loppement de ces deux âmes, et suppliait le
Seigneur de l'éclairer sur leur vocation.

Elle ne tarda pas à comprendre que la divine
Providence ne destinait pas le plus jeune à la
culture de la terre. Une circonstance assez extraordinaire la confirma dans cette opinion.

Un songe avait occupé Jean une nuit entière,
et, le matin, il l'avait raconté à la famille réu-
nie :

« Il s'était trouvé au milieu d'une troupe d'enfants. Chose étrange, ces enfants avaient tout
d'abord la figure d'animaux sauvages, mais, peu
à peu, ils s'étaient transformés en un troupeau
de moutons, et une voix mystérieuse lui avait
commandé de les mener au pâturage. »

Un éclat de rire accueillit cette communication
singulière. D'une voix sèche, Antoine s'écria :

« Tu seras chef de brigands, sans doute !

— Non, dit Joseph, tu seras berger. »

La grand'mère observa qu'il ne fallait pas rire des songes.

Marguerite dit à son tour : « Qui sait si tu ne ne seras pas prêtre, un jour ? »

La mère lisait déjà, peut-être, au fond du cœur de son fils, le désir le plus cher de cet enfant privilégié.

En effet, Jean cherchait toutes les occasions de rencontrer son curé ; il éprouvait le besoin d'en être aimé. Du plus loin qu'il pouvait l'apercevoir, il essayait de s'approcher de lui et lui adressait un beau salut.

Le curé, grave et poli, lui rendait son salut et continuait son chemin. Ce n'était pas l'affaire de Jean : à la crainte révérencielle il aurait voulu substituer l'affection.

Il revenait au logis tout en larmes, et contait à sa mère l'insuccès de sa tentative.

« Que veux-tu ? lui dit sa mère, M. le curé est un saint prêtre, occupé de sciences et d'affaires sérieuses.

— Mais une bonne parole me ferait tant de bien ! répliquait Jean : une belle histoire me rendrait si heureux !

— Tu sais bien qu'il a trop d'occupations ; les soucis d'un curé sont grands : le confessionnal, la prédication et les catéchismes prennent son temps ; il ne peut s'aboucher avec des gamins comme toi. »

L'influence que Jean exerçait déjà sur ses camarades semblait encore un présage de ses destinées providentielles.

Les enfants allaient à lui comme le fer à l'aimant. Si des rixes ou des disputes s'élevaient entre eux, il était choisi comme arbitre, et, par amour pour le juge, les décisions étaient toujours acceptées.

Jean les fascinait par ses beaux récits. Les exemples recueillis au sermon et les catéchismes écoutés attentivement lui fournissaient une matière inépuisable.

Il commençait à peine à lire que ses camarades accouraient autour de lui pour entendre une histoire ; il captivait absolument ses auditeurs et les tenait sous le charme de sa parole naïve.

On se disputait, dans la maison d'hiver, sa présence aux veillées, et quand on était sûr de le posséder, on venait en foule et de loin. Les enfants étaient au premier rang ; derrière eux, on voyait des gens de tout âge et de toute condition. On restait des heures à l'écouter, et les heures passaient vite pour ceux qui avaient le bonheur de l'entendre.

L'orateur de neuf ans montait parfois sur un banc : c'était plus solennel.

La prédication commençait invariablement par le signe de la croix et un *Ave Maria* récité en commun ; elle finissait par la même prière.

A la belle saison, et spécialement les jours de fête, les réunions étaient nombreuses. Pour arriver à son but et former un auditoire plus nombreux, Jean recourait à mille industries.

Observateur, intelligent et inventeur, il avait appris une foule de tours et de jeux intéressants.

Or, nous l'avons dit, de la colline des Becchi à la route s'étendait une prairie plantée d'arbres, au milieu desquels un poirier vigoureux jetait ses larges branches : c'était là, sous ce bel arbre, que Jean prenait ses dispositions.

Quand le rassemblement devenait considérable, et que la curiosité se trouvait suffisamment excitée, Jean montait sur une chaise, et commençait par inviter l'assistance à réciter le chapelet, puis à chanter un cantique.

Ce prélude terminé, « Maintenant, disait-il, écoutez l'instruction que nous a faite ce matin le chapelain de Murialdo. »

Ces débuts, parfois, n'étaient pas goûtés également par tout l'auditoire. Quelques récalcitrants

faisaient la grimace ; d'autres murmuraient qu'on
n'était pas venu pour des sermons ; plusieurs
se disposaient à s'en aller avec l'intention de
reparaître au moment des jeux.

Il fallait voir, alors, l'air d'autorité que prenait le prédicateur de douze ans ! Il imposait le
respect même aux vieillards :

« Partez, partez, si cela vous plaît, criait-il
aux plus impatients, mais vous ne reviendrez
pas, je vous le défends ! »

Pour arrêter les fuyards et pour obtenir l'attention, cette menace suffisait.

Jean entrait alors en matière, et redisait de
son mieux l'explication de l'Evangile entendue
le matin à la messe. Il y ajoutait quelque bel
exemple, et plus d'une fois s'éleva, dans l'auditoire entraîné, cette exclamation :

« Comme cet enfant parle bien ! »

La prédication terminée, les jeux commençaient, variés, faciles et intéressants ; puis, chacun s'en allait, heureux et édifié.

La vivacité et la dextérité qui devaient plus
tard charmer les enfants ravissaient alors la
foule.

Les blasphémateurs et les gens de mauvaise
vie étaient exclus impitoyablement de ces religieuses assemblées.

Marguerite observait tout et laissait faire ; mais comme son fils aurait pu trouver, dans ses succès de prédicateur et de charmeur, un écueil à son humilité, elle savait, par une certaine indifférence, le ramener au sentiment vrai des choses.

Elle ne s'émerveillait ni de son adresse, ni de son éloquence, et ne le vantait jamais, du moins en sa présence. Elle priait le Seigneur de veiller sur son enfant et de bénir les prémices d'un apostolat qui devait, un jour, étonner le monde.

CHAPITRE XIV

Mort de la belle-mère de Marguerite.
Première communion de Jean.

Les événements racontés jusqu'ici nous ont
conduits à l'année 1826. La mère de François
Bosco, grand'mère d'Antoine, de Joseph et de
Jean-Baptiste, a dépassé les quatre-vingts ans,
et ses infirmités se sont aggravées. Mais, depuis
longtemps préparée au grand passage, elle voit
d'un œil tranquille arriver le dernier jour.

Du moment où Marguerite a compris que la
malade ne se relèvera plus de son lit de souf-
france, elle ne la quitte pas un instant. Jour
et nuit, elle veille à ses côtés avec la sollicitude
d'une sœur de charité.

Et si les voisins lui reprochent ce qu'ils appellent un gaspillage, s'ils lui représentent qu'elle
ruine les enfants, que la malade est perdue, que
tous les soins sont inutiles et ne la feront pas

revivre, Marguerite a toujours sur les lèvres
cette réponse généreuse :

« C'est la mère de mon mari, et, par conséquent, la mienne, je dois la respecter et la servir : je l'ai promis à mon pauvre François sur
son lit de mort. Je serais trop heureuse de pro-
longer sa vie d'une minute au prix des plus
grands sacrifices. »

La bonne grand'mère allait recevoir les derniers sacrements. Elle n'avait pas attendu jusque-là pour recommander vivement aux enfants
la déférence et la soumission filiales, mais elle
voulut les réunir, au moment suprême, afin de
graver ce souvenir plus profondément dans leur
cœur.

« Mes enfants, leur dit-elle, votre mère a pré-
féré une vie de privations à une existence commode et aisée. Son dévouement pour moi, pauvre
infirme, a été sans bornes, sa patience inaltérable. Soyez doux et obéissants comme elle.
Traitez-la comme elle m'a traitée moi-même,
suivez son exemple ; ce sera pour vous le gage
assuré des bénédictions du Seigneur. »

Le 21 février devait être le jour de la séparation

Entourée de Marguerite et des enfants, la

grand'mère put encore murmurer quelques paroles d'adieu :

« Je m'en vais dans l'éternité ! Je recommande mon âme à vos prières, ne m'oubliez pas !

« Si je me suis montrée parfois un peu sévère, pardonnez-moi ; c'était d'ailleurs pour votre bien.

« Merci à vous, ma chère Marguerite, merci de votre grande charité ! dit-elle en l'embrassant et en la pressant sur son cœur. Au revoir, au revoir en paradis...»

Les enfants pleuraient et sanglotaient ; on dut les emmener dans une maison voisine.

Après une heure d'agonie douloureuse, la pieuse femme rendait sa belle âme à son Créateur.

Jean avait alors onze ans. Le curé de sa paroisse ne le connaissait guère, on l'a vu déjà. Au reste, l'enfant, pour aller au catéchisme et à la messe, devait parcourir dix kilomètres, aller et retour. L'office ou le catéchisme terminé, il avait hâte de revenir à la maison.

Le manque d'église dans le voisinage des Becchi donnait à penser à l'enfant. La difficulté de se réunir pour chanter et pour prier lui apparaissait avec ses tristes conséquences.

Lui-même, pour s'instruire, n'avait que sa mère. Elle y mettait d'ailleurs un zèle extrême.

7

A cette époque, la première communion se faisait à douze ans. Marguerite désirait vivement devancer le terme ordinaire ; en conséquence, elle prit tous les moyens possibles afin de hâter ce beau jour.

Ce qu'elle avait fait pour Antoine et pour Joseph, elle le commença pour Jean-Baptiste avec un amour tout particulier. Pendant le carême, et malgré l'éloignement de l'église, elle l'envoya chaque jour au catéchisme paroissial.

Jean, qui savait admirablement les questions et les réponses, passa un excellent examen et fut admis avec félicitations.

Enfin, le jour de la première communion fixé, Marguerite redoubla de vigilance et de soins à son égard. Elle le mit en garde contre la dissipation si fréquente au milieu d'enfants nombreux et légers.

Elle le conduisit elle-même jusqu'à trois fois à confesse, et elle n'oublia aucune de ces attentions maternelles et chrétiennes qui ouvrent le cœur de l'enfant à toutes les bénédictions du ciel.

A l'approche du grand jour :

« Purifie ton âme, lui disait elle avec une douce insistance, que rien de souillé ne sur ton cœur, puisque Dieu lui-même veut se donner à toi. »

La veille de ce grand jour, l'enfant ne sortit point de la maison : il y demeura avec sa mère. La prière, les bonnes lectures, les bons et tendres conseils achevaient, avec la grâce de Dieu, l'œuvre si bien commencée.

Le matin du beau jour, Jean ne s'entretint de son bonheur qu'avec sa mère.

Il va sans dire que Marguerite l'accompagna non seulement à l'église, mais à la table sainte ; elle fit avec lui la préparation à la communion et l'action de grâces.

Ce jour béni fut consacré tout entier au Seigneur : la prière de la reconnaissance et de l'amour le remplit délicieusement.

Marguerite aimait à revenir sur les impressions ineffaçables de la première communion.

« Oh ! mon fils, se plaisait-elle à redire, quel bonheur ! Et ce bonheur, tu peux le renouveler sans cesse ; communie, communie souvent, mais toujours avec un cœur pur.

« Sois obéissant, va au catéchisme, au sermon, à l'église, et, pour l'amour du Seigneur, fuis les mauvaises compagnies ; évite, comme la peste, les mauvais discours.

« Puisque Jésus a pris possession de ton cœur,

tu seras à lui, n'est-il pas vrai, jusqu'à la fin de ta vie ? »

Jean promit à sa mère d'être fidèle à son Dieu, et, pendant soixante années que dura encore sa vie, il ne faillit point à sa promesse.

CHAPITRE XV

Le jeune étudiant. — Une nouvelle épreuve. Castelnuovo et Chieri.

Marguerite connaissait l'attrait de son fils pour la vocation sacerdotale. Elle avait hâte de le voir commencer les études nécessaires.

Deux obstacles principaux s'opposaient à la réalisation de son désir : l'absence d'un maître et la résistance d'Antoine, le fils aîné de François Bosco. Mais, au moment le plus inattendu, la Providence fit luire un rayon d'espoir.

Cette année-là même, une mission était ouverte solennellement au pays de Buttigliera.

Jean ne manqua pas l'occasion d'aller entendre les prédicateurs, dont la renommée attirait un grand concours de peuple. L'instruction terminée, l'enfant revenait au logis en compagnie des gens du hameau et des environs.

Un soir d'avril, la petite troupe comptait dans ses rangs un compagnon de plus : c'était Don

Calosso, desservant de Murialdo, prêtre vénérable, courbé par l'âge et qui, malgré le poids
des années, faisait à pied une longue route pour
suivre, lui aussi, la mission.

Un enfant de petite taille, les cheveux épais
et frisés, la tête nue, au maintien ferme et
modeste, et cheminant en silence, attira vite son
attention.

Le bon chapelain ne pouvait le quitter des
yeux ; il l'appela, et le dialogue suivant s'enga-
gea :

« D'où es-tu, mon enfant ?

— Des Becchi.

— Viens-tu de la mission, par hasard ?

— Oui, Monsieur, j'y suis allé pour entendre
les missionnaires.

— Mais tu n'as rien compris ; un sermon de
ta maman te serait plus utile ?

— Maman me fait de bonnes prédications, mais
j'entends aussi avec plaisir celles des missionnaires, et je crois les comprendre.

— Bah ! c'est impossible ; si tu me dis quatre
mots du sermon, je te donne quatre sous.

— Que désirez-vous, la première ou la deuxième
instruction ?

— Comme il te plaira. Quel était le sujet de
la première ?

— Le prédicateur a parlé de la nécessité de se donner à Dieu, et de ne pas différer sa conversion.

— Et comment a-t-il développé ses pensées ?

— Le voici :

« L'homme qui diffère sa conversion court le plus grand danger, car le *temps*, la *grâce* et la *volonté* peuvent lui manquer. »

Et pendant une demi-heure, et au-delà, Jean continue à discourir au milieu des braves campagnards qui, serrés autour de lui, l'écoutaient avec un vif plaisir.

Le bon prêtre, émerveillé, le presse de questions :

« Quel est ton nom ? Que font tes parents ? Vas-tu à l'école ? Depuis quand ?

— Je m'appelle Jean Bosco. J'étais tout petit quand mon père est mort. Ma mère est veuve et nous sommes cinq à la maison. J'ai appris à lire et je sais écrire un peu.

— Tu n'as pas commencé *Donato* ? (1)

— Non, Monsieur.

— Te plairait-il d'étudier ?

— Beaucoup, beaucoup.

— Qui t'en empêche ?

(1) *Donato* est l'auteur par excellence de la grammaire latine, notre *Lhômond* français.

— Mon frère Antoine.

— Et pourquoi ?

— Il dit que c'est inutile, et qu'il vaut mieux travailler aux champs.

— Et que veux-tu devenir ?

— Prêtre, s'il plaît à Dieu.

— Et dans quel but ?

— Pour instruire les enfants, les aimer, leur enseigner la religion. Il y en a tant qui ne sont pas mauvais ! s'ils le deviennent, c'est parce qu'on ne s'occupe pas d'eux. »

Ce parler franc et résolu, chez un enfant de cet âge, fit une vive impression sur le saint prêtre.

Arrivés à l'endroit où l'on devait se séparer :

« Bon courage, dit-il à Jean, au revoir ; nous verrons à seconder tes bonnes dispositions. Viens me trouver dimanche soir avec ta mère, nous arrangerons tout, avec la grâce de Dieu. »

On devine aisément la joie de Marguerite, à cette bonne nouvelle. Le dimanche soir, la mère et le fils étaient au rendez-vous.

En apercevant Marguerite, Don Calosso s'écrie : « Mais votre fils est un prodige de mémoire, il faut le mettre aux études, et sans retard. »

Marguerite n'était pas difficile à convaincre.

L'excellent prêtre se chargea de faire lui-même la classe un jour de la semaine. Pour ménager Antoine, on jugea néanmoins à propos d'attendre la fin de l'été, c'est-à-dire la fin des gros travaux de la campagne.

Au milieu de septembre, s'ouvrit régulièrement le cours de grammaire italienne ; Jean l'eut bientôt achevé, et à Noël, il entrait en plein *Donato*.

Le premier pas fut assez difficile à franchir ; mais, l'obstacle vaincu, le reste marcha à souhait, tant l'esprit de l'écolier était solide et sa mémoire fidèle.

La mère et l'enfant étaient au comble de leurs vœux.

Don Calosso portait à Jean une si grande affection, que souvent il lui répétait : « Ne crains pas pour l'avenir ; tant que je vivrai tu ne manqueras de rien, et, à la mort, je ne t'oublierai pas. »

Un coup de foudre vint, hélas ! briser ces espérances.

Un matin d'avril 1828, Don Calosso avait confié à son élève une commission assez importante. Jean venait d'arriver chez les parents du saint prêtre et s'acquittait de la commission, lorsqu'une personne accourt et le presse de reve-

nir auprès de son bienfaiteur, fort malade, qui
le réclamait instamment.

Jean ne court pas, il vole, il arrive, mais trop
tard ! son maître bien-aimé avait été frappé
d'apoplexie. Don Calosso reconnaît son cher
enfant, il essaie, par des signes, de lui faire
comprendre ses dernières volontés, mais en vain.
Il ne put articuler un mot, et après deux jours
d'agonie, il s'endormit dans la paix du Seigneur.

La réalisation des projets si chers à la mère
et au fils semblait désormais impossible. La
mort de Don Calosso était pour eux un désastre
humainement irréparable.

L'élève pleurait sans cesse le maître bien-
aimé. Il y pensait le jour, il en rêvait la nuit ;
Marguerite, inquiète pour sa santé l'envoya quelques semaines chez son grand-père, à Capriglio.

Antoine persévérait, d'ailleurs, dans son opposition avec une telle opiniâtreté, que Marguerite
résolut d'en venir à la division des biens pater-
nels.

La minorité de Joseph et de Jean compliquait
la difficulté de l'entreprise ; les formalités à
remplir étaient nombreuses, les dépenses considérables ; Marguerite persista néanmoins dans
son projet. Il fallut plusieurs mois pour aboutir,

mais finalement on se dégagea de toute entrave, et Jean put fréquenter l'école publique de Castelnuovo vers la Noël de 1828. Il avait alors 13 ans.

Des Becchi à Castelnuovo il y a loin, et quatre fois par jour il fallait faire la route : c'était vingt kilomètres à parcourir, par des chemins souvent impraticables. Jean se soumettait avec courage à cette dure corvée.

L'exactitude, le travail, la bonne conduite lui firent des amis. On s'intéressa à lui et il finit par obtenir de prendre pension chez un excellent tailleur, nommé Jean Roberto ; le jeune écolier aidait son patron durant les intervalles des classes et payait ainsi ses frais de nourriture et de logement. Le bon Roberto s'attacha à lui et, le voyant faire de rapides progrès dans son métier, il lui proposa d'abandonner l'école ; il l'aurait gardé chez lui avec de bons appointements ; mais Jean se sentait appelé à l'état ecclésiastique, et il continua ses études tout en travaillant pour gagner son pain de chaque jour. Il était pauvrement vêtu et, au début, ses camarades le tournaient en dérision ; mais il sut si bien prendre leurs plaisanteries, il avait un caractère si franc, si ouvert, si jovial, qu'il se concilia bientôt l'affection de tous. Comme aux

Becchi, il acquit sur ses camarades de classe un précieux ascendant qu'il utilisa pour les rendre meilleurs.

Un jour de congé, quelques-uns des plus grands l'engagèrent à jouer avec eux à un jeu inté-ressé ; il répondit qu'il n'avait pas d'argent. Alors un mauvais sujet lui dit : « Tu ne pourrais pas escamoter au patron quelques pièces de menue monnaie ? » Jean répondit : « Et le sep-tième commandement, qu'en faites-vous ? Ou-bliez-vous qu'il défend de voler ? » Loin de suc-comber à la tentation, il donna par sa réponse une utile leçon à ses jeunes camarades.

Tout allait à merveille, quand un incident malheureux vint jeter le trouble dans cette excel-lente situation.

L'abbé Vixano, professeur de Jean, fut nommé curé de Mondonio, au diocèse d'Asti, et prit pos-session de sa paroisse en 1829. Castelnuovo de-meura quelque temps sans professeur de latin ; la place ne fut occupée que plus tard et par un incapable.

La discipline n'existait pas dans sa classe, le travail était nul, et les progrès de Jean furent non seulement retardés, mais paralysés.

Ainsi s'écoula l'année scolaire 1830-1831. Jean avait seize ans ; constamment dérangé, il n'avait guère profité de l'enseignement du nouveau professeur ; mais la divine Providence permit qu'on le plaçât l'année suivante en pension à Chieri, ville plus importante, où il devait trouver définitivement sa voie.

CHAPITRE XVI

Jean Bosco à Chieri. — Curieuses anecdotes. Succès de l'écolier et joie de sa mère.

Marguerite fit connaissance d'une excellente veuve de Chieri, qui tenait une pension de jeunes écoliers. Celle-ci avait elle-même un fils qui étudiait ; elle accepta Jean Bosco parmi ses pensionnaires à un prix très modéré, à condition qu'il donnerait des répétitions à son fils. Déjà, elle avait entendu parler de Jean Bosco comme d'un garçon modèle, qui pouvait faire du bien à ses jeunes pensionnaires et surtout à son fils. Son espérance ne fut pas trompée. A peine Jean fut-il entré dans sa maison que son influence commença à se faire sentir. Par son exemple, ses bons conseils et surtout sa piété communicative, il transforma bientôt son jeune protégé qui devint obéissant, docile, studieux, si bien que la bonne veuve fit remise à Marguerite de la pension entière.

L'influence pieuse de Jean Bosco n'était pas
circonscrite à la pension qu'il habitait, elle
s'exerçait encore sur les camarades des écoles
publiques qu'il fréquentait. Il avait une éloquence entraînante. Son grand art était de raconter des traits capables de porter au bien.
Pendant la récréation, on faisait cercle autour
de lui, et le chanoine Caselli, de Chieri, raconte
ainsi comment il devint un des auditeurs assidus
de Jean Bosco : « Je voyais, dit-il, ce groupe
attentif de jeunes gens qui se tenaient habituellement autour de Jean et j'eus la curiosité
de savoir ce qui s'y passait. Je m'approchai
sans bruit et j'entendis le jeune orateur qui tenait
son monde suspendu à ses lèvres en racontant
des histoires édifiantes avec un réel talent. A
partir de ce moment, je fis partie du groupe et
ne manquai aucune des réunions. »

Alors comme aujourd'hui, il y avait grand
concours de fidèles à l'église de Saint-Antoine,
près du noviciat des Jésuites. La piété naturelle
à ces religieux, la facilité qu'on avait chez eux
de s'approcher des sacrements à toute heure,
la beauté des cérémonies, devenaient autant d'attraits pour les habitants qui s'y rendaient en
grand nombre. Jean commença par y aller seul :
il voulait, disait-il, reposer un peu son âme

et la rafraîchir de l'aridité des études. Mais ses jeunes camarades ne tardèrent pas à l'imiter, et, peu à peu, leur nombre alla jusqu'à vingt, trente et même davantage ; tous se rendaient au sanctuaire pour y prier après la classe, à la grande joie et édification des maîtres, des parents et du public.

Jean profita des bonnes dispositions de ses condisciples pour former une petite association de piété. Il choisit les écoliers les plus judicieux et les plus vertueux et, ensemble, ils vaquaient chaque jour quelque temps à la prière, faisaient une lecture spirituelle, se donnaient mutuellement de bons conseils ; la congrégation augmentait, s'affermissait sans bruit, sans réclame, sans intervention officielle. Les maîtres laissaient faire Jean qui, pour n'effrayer personne et attirer plus efficacement ses jeunes camarades, appelait cette société : *Les Compapagnons de la Gaieté.* Ainsi la piété perdait son austère apparence pour devenir aimable. C'était l'esprit du nouveau système d'éducation que Don Bosco devait répandre plus tard dans les deux mondes avec la fameuse devise : **Soyez** toujours joyeux !

Chaque membre de cette association devait éviter tout discours, toute action indigne d'un

8

bon chrétien et remplir exactement ses devoirs
de religion et de classe. D'ailleurs, les membres
n'avaient qu'à regarder leur chef et à marcher
sur ses traces. Jean Bosco, en effet, par son
intelligence, ses succès, et surtout sa vertu, s'était
concilié l'estime générale, et, de toutes parts,
on le demandait pour des répétitions à domicile.
Par cet appoint, la Providence le mettait à
même de pourvoir aux frais de son éducation
cléricale et lui fournissait l'occasion de faire
quelque bien autour de lui.

Dans une de ces maisons, un domestique
nommé Charles Palazzolo avait assisté en ca-
chette aux leçons que Jean donnait à son jeune
maître ; puis, voyant que ce moyen était trop
lent, il pria Jean de lui donner des leçons en
particulier.

« Je le ferai volontiers, dit Jean, à condition
que ce ne soit pas au détriment de ton service.
Mais, dis-moi d'abord, pourquoi désires-tu étudier ?

— J'ai toujours eu l'intention de me faire religieux, répondit Charles, et je ne l'ai pu jusqu'ici, faute de ressources. Or, tandis que vous
faisiez la classe à mon maître, j'ai étudié vos
leçons et il me semble que je puis réussir dans
l'étude. »

Jean Bosco fit subir immédiatement un examen
au candidat et vit bientôt qu'il en savait beaucoup plus que son élève ; il paraissait d'ailleurs
avoir de l'intelligence et de la mémoire. A partir
de ce jour, Jean soigna son nouveau disciple
qui, peu de temps après, se présenta au séminaire et y fut admis. Ses maîtres approuvèrent
sa démarche et l'aidèrent de leurs deniers à
suivre sa vocation. Ces braves gens disaient :
« Nous sommes contents, Charles va servir un
maître plus grand que nous ; d'ailleurs, nous
n'étions pas dignes d'avoir un aussi vertueux
domestique. » Ce serviteur devint plus tard un
digne prêtre et fut gardien du célèbre sanctuaire
de Saint-Pancrace, près de Pianezza, avant que
ce sanctuaire fût confié au zèle des fils de
Saint-Paul de la Croix.

Ces diverses occupations n'empêchèrent pas
Jean Bosco de réussir dans son examen de fin
d'année, et même ses succès dans l'étude furent
tels qu'il obtint la faveur, en usage alors, d'être
exempté de toute rétribution scolaire. Devons-
nous dire quelle fut la joie de Marguerite ? La
sainte femme reconnaissait dans ces heureux
résultats la protection maternelle de la Sainte
Vierge, qu'elle ne cessait de bénir, et elle en-

courageait de plus en plus son cher enfant à
redoubler de dévotion envers Marie.

Durant l'année 1833-34, nous trouvons Jean
dans la maison d'un certain Joseph Pianta, de
Murialdo. Ce dernier tenait un café à Chieri ;
or, il envoyait souvent Jean Bosco au billard
pour compter les points. Mais jamais Jean n'y
entrait sans avoir un livre à la main. Sa présence ne faisait pas l'affaire des joueurs ; elle
leur imposait, si bien qu'ils dirent au patron :
« Rappelle ce jeune homme, il nous gêne.

— Vous dit-il quelque chose qui vous blesse ?

— Il se tait ; mais sa présence et son regard
en disent assez. Rappelle-le, car il nous trouble
dans notre jeu. »

Et le cafetier fut obligé de dire à Jean de ne
plus entrer dans la salle de billard.

La vérité est qu'en présence de ce jeune
homme, personne n'osait ni blasphémer, ni dire
une parole inconvenante. Ce brave cafetier racontait, après la mort de Don Bosco, que Jean
avait toujours été dans sa maison un modèle
de piété, de modestie et de zèle pour le salut
des âmes, qu'il se faisait estimer et aimer de
tout le monde. A ce témoignage, on peut ajouter
celui d'anciens condisciples qui ont déclaré que
Jean se montrait toujours irréprochable, et était

pour tous une sorte d'idéal. Lorsque Marguerite apprenait ces consolants détails, elle ne pouvait assez remercier Dieu.

Au milieu de ses études, Jean continuait à se faire aimer des enfants et à les porter au bien. Aussi, en hiver après la classe, et en été après l'étude, ses petits condisciples l'attendaient pour rentrer avec lui dans la maison où il logeait.

Dans la cour de cette maison venaient prendre leur récréation certains élèves qu'un prêtre avait chez lui comme pensionnaires. Ce fut pour Jean un nouveau champ d'apostolat. A toutes les récréations du soir, on le voyait au milieu d'eux. Il les attirait par sa bonté et les captivait par sa parole. Après quelques mots sur la classe et les études, Jean abordait des sujets de piété. Il parlait de confession, de communion, du salut des âmes et des joies du Paradis ; il tenait son jeune auditoire sous le charme, et l'entretien se prolongeait pendant la nuit. Le prêtre intrigué s'approcha un jour du groupe sans être aperçu ; il écouta, admira et comprit ; il laissa le jeune catéchiste continuer son ministère. Les fruits ne s'en firent pas attendre. Les élèves accompagnaient Jean dans ses visites à l'église, à la confession, à la communion. Les jours de congé, Jean improvisait une académie, quelques jeux scéniques, et réunissait autour de lui ses camarades afin de passer ces jours de repos dans une sainte récréation.

Ce fut de cette manière qu'il fit la connaissance d'un jeune juif, nommé Jonas. Il se l'attacha par le lien d'une forte amitié, lui fit connaître et aimer notre sainte religion, et le jeune homme demanda le baptême, malgré l'opposition de sa famille.

Ce baptême fut un événement dans la petite ville de Chieri et l'occasion d'une vraie fête. A toutes les objections qu'on lui faisait, le néophyte répondait : « Je veux être chrétien, je veux sauver mon âme. » Ce nouveau converti garda toute sa vie le souvenir de son catéchiste et, quand il apprit la mort de Don Bosco, il vint à l'Oratoire et raconta la grande grâce dont le défunt avait été pour lui l'instrument.

Ce fut à Chieri, en l'année 1832, qu'eut lieu le fait suivant. Don Bosco le raconte en ces termes dans le mémorial de sa vie qu'il a rédigé sur l'ordre de Pie IX.

« Il y avait deux mois que j'étais en cinquième latine, quand surgit un incident qui fit un peu parler de moi. Un jour, le professeur expliquait la vie d'Agésilas, dans Cornélius Népos. Ce jour-là, je n'avais pas mon Cornélius ; je l'avais

oublié à la maison ; mais, pour me donner une
contenance, je tenais ma grammaire latine ouverte devant moi. Or, pendant que j'écoutais
attentivement l'explication du maître, je feuil-
letais machinalement ma grammaire. Mes compagnons s'en aperçurent. L'un d'eux se mit à
rire, puis un autre, et ainsi le désordre commença
dans la classe. « Qu'y a-t-il ? s'écrie le professeur. Qu'est-ce qui se passe ? Je veux qu'on
me le dise à l'instant. » Comme tous avaient les
yeux tournés de mon côté, le professeur m'or-
donne de faire le mot à mot du passage et de
répéter son explication. Alors je me levai et,
ma grammaire ouverte à la main, je répétais de
mémoire le texte, le mot à mot, et toutes les
explications que venait de donner le professeur.

« Quand j'eus fini, mes compagnons exprimè-
rent spontanément leur admiration et battirent
des mains. Impossible de dire dans quelle colère
entra le professeur, car c'était la première fois
qu'on enfreignait la discipline dans sa classe.
Saisissant ma grammaire, il me fit dire la raison
de ce désordre. Je me préparais à parler, quand
mes compagnons me devancèrent. « Bosco, di-
rent-ils, avait devant lui sa grammaire, et il a
expliqué le texte comme s'il avait eu le Cornélius. »

« Le professeur me fit encore expliquer deux phrases. Alors, passant de la colère à l'étonnement, il me dit : « Je vous pardonne votre oubli, à cause de votre heureuse mémoire. Ayez soin de vous en servir toujours pour le bien. »

Voici un autre fait raconté par les condisciples de Don Bosco et qui paraît plus merveilleux encore.

« Une nuit, Jean Bosco rêva que le professeur donnait la composition de version latine. Aussitôt levé, il écrivit le texte qu'il avait vu, et se mit à le traduire. Il se fit même aider en cela par un prêtre de ses amis. Or, ce même jour, le professeur dicta la version latine de composition ; c'était précisément celle que Jean Bosco avait vue en songe. Aussi, en quelques instants, sans se servir du dictionnaire, il avait fait le devoir dans la perfection et il remettait sa copie au professeur. Celui-ci trouva la version admirablement réussie et demanda des explications.

Il passa de l'étonnement à la stupeur quand il entendit Jean Bosco lui raconter ingénument ce qui lui était arrivé. »

Ce que le brave écolier avait fait aux Becchi, tout petit bambin, il le faisait à Chieri. Il reprit ses tours de prestidigitation pour récréer ses camarades les jours de congé, et les empêcher de fréquenter de mauvaises compagnies. Il faisait ses jongleries avec tant de succès qu'on le soupçonna d'être sorcier et d'avoir contracté un pacte avec le démon.

Les choses en vinrent à ce point qu'il fut mandé par l'archiprêtre de la cathédrale.

« Qu'est-ce que j'entends raconter sur votre compte ? lui dit le vénérable prêtre, le chanoine Burzio. Il paraît que vous lisez dans la pensée, que vous voyez l'argent dans les poches ou les porte-monnaie, que vous montrez blanc ce qui est noir, que vous connaissez ce qui se passe au loin ; c'est au point qu'on vous regarde comme un sorcier ; dites-moi un peu ce qu'il en est. »

Tout en écoutant, le prétendu sorcier trouva moyen d'escamoter le porte-monnaie et la montre du curé, et le convainquit, en lui rendant ces objets, que toute sa sorcellerie consistait dans le coup d'œil et la dextérité, si bien que le vénérable archiprêtre rit de bon cœur et renvoya en paix le jeune étudiant.

Cependant, il arriva cette même année un événement qui mit en grand relief l'habileté de Jean Bosco dans les exercices corporels.

Un jour, à l'âge de douze ans, il avait lutté d'adresse avec un charlatan sur la place de

Murialdo. Ce charlatan troublait les offices du
dimanche et retenait les curieux en dehors de
l'église. Jean Bosco, déjà exercé à la prestidigitation, le démonétisa en l'imitant et finit par
le faire déguerpir.

Or, ce fut le même zèle de la gloire de Dieu
qui le mit aux prises à Chieri avec un autre
bateleur, qui attirait les jeunes gens par ses
tours et les détournait du chemin de l'église.

Il arriva que cet homme, fier de ses succès,
porta un défi à toute la jeunesse des écoles. Jean
Bosco laissa entendre qu'il pourrait relever le
défi. La chose se répéta, et le personnage fut
heureux d'avoir rencontré un adversaire qu'il se
croyait sûr de vaincre.

Le bruit se répandit donc dans la ville de
Chieri qu'un étudiant allait entrer en lutte avec
le fameux faiseur de tours. On commença par
la course. Le lieu choisi était la route de la
porte de Turin. Il y avait vingt francs d'enjeu.
Les amis de Jean Bosco lui avancèrent cette
somme. La curiosité avait attiré tous les étu-
diants de Chieri et une foule d'autres personnes.
Les juges sont choisis, et Jean jette sa veste
pour être plus libre de ses mouvements. De
plus, il fait le signe de la croix, et se recommande à la Sainte Vierge, comme il le faisait

avant chacune de ses actions, grandes et petites.

La course commença. D'abord, le charlatan devança Jean de quelques pas, mais bientôt celui-ci gagna du terrain et laissa tellement derrière lui son adversaire que la partie était gagnée avant même que l'on fût à moitié chemin.

« Je suis vaincu, dit l'homme, mais je veux prendre ma revanche. Allons sauter un fossé rempli d'eau. Je veux avoir le plaisir de vous voir prendre un bain, et même barbotter un peu dans la fange. »

Jean accepte ce nouveau défi. Le pari est de quarante francs, et le fossé à franchir était le canal à côté d'une écluse. La foule se porte au lieu fixé et l'étranger commence. Il arrive juste à l'autre bord, et doit s'accrocher à un arbre pour ne pas retomber en arrière. Jean s'élance après lui, mais, non content d'arriver au bord opposé, il franchit le parapet d'un second élan. Il volait plus qu'il ne sautait, dit un témoin, et l'on eût cru que les anges le portaient sur leurs bras. Les spectateurs applaudissent avec frénésie, car la victoire est complète.

Nouveau défi du charlatan. Cette fois, on va apprécier son adresse, et l'enjeu est de quatre-vingts francs. Jean choisit la baguette magique et commence. Il prend la baguette et la surmonte d'un chapeau. Puis, il la place sur la paume de la main, et la fait sauter sur le petit doigt, ensuite sur l'annulaire, sur le majeur, l'index, le pouce, sur le poignet, le coude, l'épaule, le menton, les lèvres, le nez, le front. Alors, il la fait repasser par le même chemin et la ramène sur la paume de la main.

« Je ne crains pas de perdre, disait le charlatan à son rival ; ce jeu est mon tour de prédilection. » Il prit donc la baguette et la mena jusqu'à ses lèvres, mais comme il avait le nez un peu long, la baguette en frôla l'extrémité et perdit l'équilibre ; l'homme dut la prendre de l'autre main pour l'empêcher de tomber. Il était encore une fois battu.

Le pauvre saltimbanque voyait ainsi son pécule disparaître avec sa gloire. Furieux, il s'écria : « Je ne veux pas être vaincu par un étudiant. J'ai encore cent francs. Ils seront un nouvel enjeu. Je défie mon rival de monter aussi haut que moi sur cet arbre. » Il désignait un orme qui se trouvait là. Jean, soutenu par ses compagnons, accepte encore, et aussitôt l'épreuve commence. Le charlatan monte le premier. Il grimpe comme un chat et va jusqu'au sommet de l'arbre, dont il touche la branche la plus élevée.

Il était vraiment difficile de monter plus haut. Le charlatan descend, et Jean monte à son tour. Il arrive jusqu'à la couronne de l'arbre, enlace son bras dans la plus haute branche, et, lançant son corps en l'air, les pieds dépassent le sommet de l'arbre. Les applaudissements éclatent : l'homme est de nouveau vaincu. Les compagnons de Jean sont heureux et le félicitent chaudement, tandis que le pauvre charlatan est là, sans le sou, et couvert de confusion.

Un bon mouvement s'empare de cette jeunesse : on avait triomphé, c'était assez ; mais, on ne voulait pas ruiner le pauvre diable. L'argent lui fut rendu, à condition qu'il paierait un dîner aux compagnons de Jean. Ils étaient vingt-deux, et moyennant une dépense de quarante-cinq francs à l'hôtel Muretto, l'autre récupéra son avoir, et abandonna Chieri, qui depuis plusieurs semaines était le théâtre de ses exploits.

Une nouvelle auréole environna le jeune étudiant des Becchi. Le crédit de Jean Bosco augmenta auprès de ses camarades, auxquels il put faire plus de bien encore. C'était là toute son ambition.

Jean était aussi remarquable dans les joutes de l'esprit que dans les exercices du corps, et ses compositions littéraires avaient un succès mérité. Le jeune paysan était né poète ; ses petites pièces charmaient ses condisciples, et les professeurs eux-mêmes se plaisaient à l'entendre, en même temps qu'ils admiraient ces belles réunions de jeunes gens pieux et studieux, organisées et présidées par lui.

Il était encore le défenseur-né des petits et des faibles. Un élève abusait de la patience d'un de ses amis, Comollo, et lui faisait toutes sortes de misères. Jean Bosco prit en main la cause de ce dernier et donna à l'insulteur une correction un peu vigoureuse. Il s'ensuivit une querelle entre les élèves, les uns prenant parti pour le rossé et les autres pour Comollo et son ami. Une bataille était imminente, mais Jean, prévenant ses ennemis, s'empare de l'un d'eux, le soulève et s'en sert pour battre les autres. Devant cet acte de vigueur et de force herculéenne, la querelle prit fin.

Cependant, la conscience de Jean n'était pas rassurée. Il réfléchit à cet acte de colère, et comprit que ce n'était pas dans cet esprit qu'il devait agir, s'il voulait être homme de Dieu et attirer les autres à la vertu. Aussi, se mit-il à combattre sa vivacité, et, grâce à une bonne volonté opiniâtre, il acquit cette douceur mer-

veilleuse qui l'accompagna jusqu'à son dernier
soupir.

Cependant, il continuait à donner ses répétitions en ville. Il allait, entre autres, dans la
maison d'un juge nommé Rodino, qui avait son
dernier fils en cinquième, tandis que Jean était
en seconde. Ce fils était d'une paresse que rien
n'avait pu corriger. Avec Jean, les choses chan-
gèrent du tout au tout. Le cœur étant gagné,
l'élève se mit au travail avec tant d'ardeur qu'il
put même entrer en troisième l'année suivante.
La famille Rodino, par reconnaissance, voulut
que Jean Bosco se regardât désormais comme
un des leurs. Son couvert était mis le jeudi et
le dimanche, et c'était une fête à la maison
quand Jean y acceptait un repas. Les jours de
fête, la famille Rodino se rendait au catéchisme
paroissial, et elle était très édifiée de voir Jean
arriver à l'église avec une troupe d'enfants
qu'il amenait au catéchisme.

L'année scolaire 1834-1835 était pour Jean la
dernière du cours secondaire ; il lui fallait penser définitivement à sa vocation. Il se sentait
attiré vers le sacerdoce, mais les dangers du
monde l'effrayaient. Après avoir lu un petit
traité de la vocation, il se décida pour l'ordre

de Saint-François et demanda à entrer chez les
Conventuels réformés. On l'accepta ; la Providence en avait disposé autrement. (1)

(1) Nous croyons répondre au vœu de tous nos lecteurs en racontant ces épisodes de la jeunesse du fils chéri de Marguerite. A
cette époque, du reste, toutes les pensées de la vertueuse femme
étaient concentrées sur cet enfant de bénédiction, en qui elle vivait
par le cœur et par l'espérance.

CHAPITRE XVII

**Le séminaire. — Jean ordonné prêtre.
Comment Marguerite comprenait le sacerdoce.**

Dans la question si grave de la vocation, Marguerite n'essaya jamais d'influencer son fils. Projets d'avenir, espoir d'une existence plus commode, désirs, d'ailleurs assez légitimes, de voir son fils près d'elle, d'habiter avec lui quand il serait prêtre : tous ces rêves maternels étaient étrangers à son esprit et à son cœur. Si Jean-Baptiste lui demandait son avis là-dessus, sa réponse était invariable :

« Je ne veux que le salut de ton âme, le reste m'importe peu. »

Pour entrer aux Franciscains, qui lui souriaient, Jean était obligé de se munir des attestations d'usage, et, par conséquent, il dut confier à son curé sa détermination.

Le bon curé n'eut rien de plus pressé que de courir aux Becchi et d'en informer Marguerite.

9

Il lui fit observer que le champ du diocèse était vaste, que les ouvriers étaient peu nombreux, et que Jean pouvait faire un grand bien dans le ministère paroissial ; puis il ajouta les raisons humaines qui devaient achever, à son avis, de convaincre Marguerite, dont il ignorait les vues toutes surnaturelless.

« Jean a reçu de Dieu des dispositions peu ordinaires, il peut réussir et briller dans la carrière ecclésiastique. Vous n'êtes pas riche, les années s'accumulent, la vieillesse arrive : qui prendra soin de vous, s'il entre en religion ? »

Marguerite remercia le digne curé de ses avis charitables, et, sans lui laisser entrevoir sa pensée, elle se rendit à Chieri.

En embrassant son fils, le sourire sur les lèvres, elle lui dit :

« M. le curé m'a dit que tu voulais être religieux, est-ce vrai ?

— Oui, mère, et vous n'y mettrez pas obstacle, je pense ?

— Non, certes, je te prie seulement de réfléchir et de bien examiner le grand pas que tu vas faire ; tu pourras alors marcher au but sans regarder ni à droite ni à gauche. Il faut d'abord sauver ton âme. Le souci de mon avenir ne doit pas influer sur ta décision.

« Le bon curé s'imagine que la question de mes
intérêts devrait peser sur ta résolution. Moi,
j'ai confiance en Dieu. Je ne désire et n'attends
rien de toi. Je suis née pauvre, j'ai vécu et je
veux mourir pauvre.

« En te faisant prêtre séculier, si tu devais
être riche, sache-le bien, je ne te verrais plus,
je ne mettrais pas les pieds dans ta maison. »

En prononçant ces paroles, le visage toujours
calme de Marguerite avait pris une telle expression d'autorité, sa voix vibrait avec une telle
énergie, que son fils en fut rempli d'admiration
et touché jusqu'aux larmes.

L'amour de cette femme pour la pauvreté, sa
délicatesse extrême à rejeter à l'avance tout ce
qui semblait venir du bien d'autrui, n'étaient
pas de vaines formules, on le vit plus tard.

Malgré la modicité, la pénurie même de leurs
ressources, Marguerite et Joseph surent venir
en aide aux enfants que Don Bosco recueillit
dans la suite à l'Oratoire.

Jean réfléchit et prit conseil. Un saint prêtre,
Don Cafasso, (1) le dissuada d'entrer aux Franciscains. « Va, dit-il, au séminaire, et laisse faire
la Providence. »

_____

(1) Déclaré vénérable par Pie X.

Don Cafasso, sans doute éclairé du ciel, semblait entrevoir la mission de Jean Bosco.

En apprenant la détermination de son fils, Marguerite dit simplement : « J'en suis heureuse, si c'est la volonté de Dieu. »

Jean subit avec succès l'examen de cléricature et fut admis à revêtir l'habit ecclésiastique. Le jour de son enrôlement définitif dans les rangs de la milice sainte fut pour lui un grand jour.

Prendre les livrées du sacerdoce, c'était, à ses yeux, en prendre les vertus et résoudre la question de son éternité. Il s'y prépara donc par une pieuse neuvaine de prières.

Le jour de Saint Michel, 29 septembre 1835, il s'approcha des sacrements avec une ferveur toute particulière, et le théologien Michel Antoine Cinzanno, prévôt de Castelnuovo, bénit sa soutane et l'en revêtit à la messe solennelle.

Le 30 octobre de la même année, Jean devait entrer au séminaire. Le petit trousseau était achevé. La mère, toute pensive, avait les yeux fixés sur son fils, et semblait avoir une communication importante à lui faire.

La veille du départ, dans la soirée, lorsqu'elle était seule avec lui, elle épancha son cœur :

« Mon enfant, dit-elle, tu as revêtu l'habit du prêtre. J'éprouve la joie qu'une mère peut ressentir du bonheur de son fils ; mais souviens-toi que ce n'est pas le vêtement qui fait le prêtre : c'est la vertu. Si tu devais un jour déshonorer ce vêtement d'honneur, je t'en conjure, quitte-le ; mieux vaut cent fois rester pauvre paysan que de vivre en prêtre négligent et oublieux de ses devoirs.

« Quand je t'ai mis au monde, je t'ai consacré à la Madone ; depuis ce jour, j'ai fait mon possible pour remplir ton cœur d'une tendre dévotion pour elle. Désormais, sois à la bonne Mère tout entier, et si tu as l'honneur d'être prêtre, *sois l'apôtre de Marie.* »

En disant ces dernières paroles, Marguerite était émue jusqu'au fond du cœur. Jean pleurait.

« Mère, je n'oublierai pas vos paroles, s'écriat-il ; elles seront le trésor de ma vie. Merci. »

Le lendemain, Jean quittait la maison paternelle et se rendait à Chieri pour entrer au séminaire.

Il ne fut pas longtemps à s'habituer. Dès les premiers jours, il aima ses maîtres et ses condisciples ; il aima l'atmosphère de piété qui règne dans les noviciats ecclésiastiques. Jean, quoique jeune, n'était plus un enfant, aussi eut-il vite tracé sa ligne de conduite.

D'abord, il se choisit parmi les anciens un
moniteur qui devait l'avertir de ses manque-
ments extérieurs contre la règle ; ensuite, il se
lia d'amitié avec ceux qui lui parurent les plus
pieux. Mais il ne tarda pas lui-même à rendre
service à plusieurs. Il remarqua bien vite certains nouveaux, timides, qui se tenaient tristement à l'écart, atteints de nostalgie. L'abbé
Bosco les abordait, les questionnait et relevait
leur courage. Il savait s'insinuer dans leur confiance.

Un des derniers survivants parmi ses condisciples du séminaire, le chanoine Giacomelli,
racontait le trait suivant qui lui était personnel :
« C'était, dit-il, quelques jours après mon entrée
au séminaire. Jean Bosco me rencontre et me
demande ma barrette. Je la lui prête. Au bout
d'un moment, il me la rend sans rien dire. Je
ne savais que penser. Mais le lendemain, le
mystère s'éclaircit. Il vient me trouver avec une
barrette neuve à la main : « Tenez, me dit-il,
prenez cette barrette et donnez-moi la vôtre. »
Il avait remarqué qu'on riait de ma barrette
qui était mal confectionnée, et il voulait m'éviter
cette humiliation. Cette délicatesse de charité
me toucha jusqu'aux larmes, et toutes les vertus

que j'ai admirées depuis en mon illustre condis-
ciple ne m'ont pas fait oublier cet épisode. »

Il serait superflu de dire que Jean Bosco fut
un modèle de piété et de travail, mais, ce qu'on
remarqua tout d'abord, c'est qu'il était souvent,
très souvent appelé au parloir durant les récréations. Le portier arrivait : « On demande Bosco
de Castelnuovo. » Ses condisciples se disaient :
« Mais il a donc bien des connaissances, celui-
là ! »

Effectivement, il n'était pas un inconnu à
Chieri où il avait fait ses études secondaires et
donné des répétitions. Mais il avait des visiteurs que personne ne soupçonnait. Aussi, ce
fut un étonnement général parmi les jeunes
séminaristes, quand ils virent Jean Bosco au
parloir entouré de petits enfants et de jeunes
écoliers. C'étaient ceux qu'il avait connus, amu-
sés, catéchisés les années précédentes ; ils venaient le retrouver pour lui parler. Et lui, repre-
nant auprès d'eux son rôle de directeur spirituel,
leur demandait s'ils allaient au catéchisme, s'ils
fréquentaient les sacrements, et les engageait
à revenir.

Les jours de sortie des séminaristes, ces enfants
le reconnaissaient dans les rues, le saluaient, le
montraient à leurs camarades. Les mères regar-

daient passer avec une sorte de vénération celui
qui faisait du bien à leurs fils. Jean, sans
quitter les rangs et la compagnie de ses confrères,
saluait en souriant et continuait sa promenade.

Mais l'apostolat qu'il exerçait au dehors, il
ne devait pas tarder à l'exercer au séminaire.
Le zèle est fils de la charité. Jean se montra
d'abord obligeant et charitable envers tous ; pour
cela, son savoir-faire égalait sa bonne volonté.
Confectionner des barrettes, raccommoder les
soutanes, soigner les malades, panser les bles-
sures, il était apte à tout faire, de sorte que tout
le monde avait recours à lui. Comme sa piété et
son savoir étaient au moins à la hauteur de son
habileté, il joignait les services spirituels aux
temporels. Ses condisciples lui confiaient leurs
peines, leurs ennuis et leurs difficultés. Jean
était devenu pour tous cet ami véritable dont le
Sage a dit : « Celui qui le trouve possède un
trésor. »

Jean ne tarda pas à donner une nouvelle
forme à son zèle au séminaire. Avec l'autori-
sation de ses maîtres, il établit une académie
parmi les élèves. Les membres se réunissaient
périodiquement et l'un d'eux lisait une disserta-
tion sur un sujet fixé d'avance. Puis, après la
lecture, chacun pouvait faire des observations

pour le bien de tous. Un jour, le travail sentait
quelque peu le roman et la mondanité. Il pro-
duisit mauvais effet sur l'assistance, mais on
hésitait à en faire la critique. Jean comprit
qu'on attendait son avis. Il le donna, mais en
terme de blâme catégorique, et plus jamais,
depuis, l'on n'eut à déplorer une telle aberration.

En même temps, il travaillait à remporter de
sérieuses victoires sur lui-même. Malgré les progrès qu'il avait déjà faits, son caractère ardent
le tourmentait encore. Il discutait avec vivacité,
écrasait son adversaire par des répliques d'une
énergie exagérée que sa conscience lui repro-
chait. Il résolut de se corriger absolument. Ce
fut l'affaire de quelques semaines. Mais ses
efforts furent tels qu'il en tomba malade. Après
cette maladie, il reparut au milieu de ses confrères, désormais consommé en douceur, tel qu'on
l'a vu le reste de sa vie. Il recommandait aux
âmes ardentes de suivre le conseil de saint
Augustin, et, quand la colère bouillonnait dans
leur âme, de compter au moins jusqu'à dix avant
de parler.

Dieu fait passer par les plus rudes épreuves
ceux de ses serviteurs qu'il destine à une haute
perfection. Comme saint François de Sales, à

Paris, Jean eut au séminaire une tentation de désespoir.

On avait étudié et discuté en classe la question si difficile de la prédestination. Jean voulait l'éclaircir et les raisons des professeurs ne le satisfaisaient pas. Il réfléchissait et réfléchissait encore, si bien qu'il se prit à douter qu'il fût du nombre des prédestinés. Du doute il passa à la certitude. Et cependant, il avait tant aimé Dieu depuis son enfance et il l'aimait tant encore ! Comment être éternellement séparé de lui ? C'était la suprême épreuve, c'était l'agonie ! La santé de Jean s'altéra et il souffrit cruellement dans son corps et dans son âme. Dieu abrégea l'épreuve. Les paroles de son confesseur n'avaient pu le rassurer ; il alla trouver son supérieur. Celui-ci, sans s'émouvoir des craintes que Jean lui exprimait, lui dit : « Que répondit Jésus au jeune homme qui lui demandait ce qu'il fallait faire pour entrer dans la vie éternelle ? » Jean récita le texte : *Si vis in vitam ingredi, serva mandata.* Si vous voulez aller au ciel, gardez les commandements. — Très bien, répliqua le supérieur, vous venez de dire la parole décisive : *Si vis,* si vous voulez. Croyez donc que, si vous voulez avec la grâce de Dieu, qui ne vous manquera jamais, vous arriverez en Paradis. »

Comme la voile se dégonfle à la chute du vent, toutes les craintes de Jean s'évanouirent, ses doutes disparurent ; il recouvra la paix et, avec la paix, la santé ; il put ainsi reprendre et continuer toute l'année ses études interrompues.

Pendant les vacances d'automne, Jean fit son règlement de manière à être toujours occupé ; il était et fut toute sa vie le grand ennemi de l'oisiveté.

La pensée de la vie religieuse ne l'avait pas quitté. Ce fut pour en faire l'apprentissage qu'il allait chaque année, quelque temps, à Montaldo, maison de campagne des Pères Jésuites, où passaient les vacances un certain nombre de leurs élèves de Turin. Jean remplissait l'office de surveillant. Il se fit aimer là comme partout, et plus tard, ces jeunes gens de grande famille, qui avaient été surveillés par lui, devinrent les soutiens de ses œuvres. Le comte Joseph Rovasenda disait de l'abbé Bosco : « C'était un surveillant incomparable, et nous n'en avons jamais eu de pareil. Sa mémoire lui fournissait toutes sortes de traits de l'histoire sacrée et profane : il nous les racontait en promenade, en récréation, avec un charme à ravir. »

Un autre but de son séjour chez les Pères Jésuites, était d'acquérir auprès d'eux certaines connaissances qu'il ne trouvait pas au séminaire.

C'est à Montaldo que Don Bosco apprit le français et quelque peu d'hébreu. Il étudia également la géographie et surtout celle de la Terre Sainte. Tous ces travaux, il les faisait en vue du sacerdoce et du ministère des âmes. Il semble qu'il avait toujours devant les yeux ces paroles de saint Paul : « Je veux honorer mon ministère. »

Revenu aux Becchi, à la grande joie de sa bonne mère, il reprenait ses œuvres de zèle : il faisait le catéchisme aux petits et aux grands, il apprenait même à lire et à écrire aux plus jeunes, et, en leur faisant la classe, il mettait pour condition qu'ils iraient se confesser tous les mois. Outre cela, il préparait quelques sermons ; et, avec la permission des curés, les prêchait dans les paroisses voisines. Le dimanche et les jours de fête, il ne manquait pas de venir à son patronage, où l'on s'amusait loin des mauvaises compagnies, où l'on faisait une séance de catéchisme entremêlée d'histoires et de pieux cantiques.

Non seulement l'abbé Jean Bosco travaillait beaucoup, mais il était doué d'une grande facilité de parole : le fait suivant en est la preuve.

Jean avait assisté à une fête de Saint Roch, chez des amis qui habitaient le village de Cinzano. Le soir, aux vêpres, il devait y avoir sermon ; mais, avant les vêpres, on apprend que le prédicateur est empêché. Le curé, fort contrarié, expose sa peine à ses confrères qui attendaient l'heure de l'office à la sacristie. Chacun se récuse, alléguant le manque de préparation ; alors, l'abbé Bosco exprime son étonnement qu'il n'y ait personne pour rompre le pain de la parole de Dieu à la foule qui remplissait l'église. « Eh bien, jeune homme, dit l'un d'eux, puisque cela te paraît si facile, prêche toi-même. — Malgré mon incapacité, dit Jean, je prêcherai si personne ne veut le faire. »

On le prit au mot. Il demanda un bréviaire pour relire la légende de Saint Roch, et, le moment venu, il monta en chaire. Le curé bénissait la Providence de lui avoir envoyé un prédicateur, mais il n'était pas sans appréhension à cause de la jeunesse de l'orateur improvisé.

« Pourvu que saint Roch soit glorifié et que le peuple soit édifié, c'est tout ce que je demande, se disait Jean. Je raconterai la vie de saint Roch et j'en tirerai quelques conclusions pratiques. Pour ce qui me regarde, je compte

sur l'assistance de l'Esprit-Saint. » Et le voilà
qui monte en chaire en priant la Madone. Le
sermon réussit au-delà de toute attente. Saint
Roch fut glorifié par son jeune panégyriste
et l'assistance fut, non seulement édifiée, mais
émerveillée. On se souvint longtemps, dans la
paroisse, de ce discours de Jean.

Après l'office, le curé lui offrit ses plus chaudes félicitations et ses plus sincères remercî-
ments. « Je ne sais, dit-il, si la reconnaissance
m'aveugle, mais il me semble que, si vous êtes
fidèle à votre vocation, vous ferez par votre
parole le plus grand bien aux âmes. »

L'année suivante, il fut plus studieux que
jamais au séminaire. Toujours debout au premier signal, il faisait lestement sa toilette, puis,
en attendant la méditation, il se mettait à lire
l'histoire ecclésiastique de Bercastel qu'il put
ainsi parcourir tout entière. Durant ses autres
moments libres, il a pu lire, et apprendre pour
ainsi dire par cœur, l'histoire de l'Ancien et du
Nouveau Testament de Dom Calmet, les *Anti-*
quités judaïques de Josèphe, *l'Histoire univer-*
selle de l'Eglise par Henrion, les *Lettres* de saint
Jérôme, plusieurs volumes de saint Thomas
d'Aquin, les œuvres de Calvalca et de Segneri.

En récréation et en promenade, il aimait à

discourir sur tout ce qu'il est utile à un prêtre
de connaître. Il avait une si haute idée du sacerdoce, qu'il voulait le voir mériter, par la
science et la sagesse, l'estime et le respect du
peuple chrétien. L'abbé Jean Bosco parlait souvent littérature. Sa mémoire prodigieuse avait
retenu tout ce qu'il avait appris en ce genre.
Il savait les plus beaux passages du Dante et
du Tasse et les citait avec beaucoup d'à-propos,
ainsi que les meilleurs passages de Tite-Live.
Il inspirait ainsi à ses confrères l'amour des
belles-lettres. Parfois aussi, il s'appliquait à
divers travaux manuels, à ceux de tailleur en
particulier, pour rendre service aux autres séminaristes.

Après sa seconde année de théologie, ayant été
nommé sacristain, il passait ses moments libres
à la sacristie et à l'église, en prière devant le
Saint Sacrement. Il puisait dans le Cœur de
Jésus cette sagesse toute divine et cette discré-
tion qui est la vertu des saints. Il s'était lié
d'une étroite amitié avec un séminariste, nommé
Louis Comollo, entré un an après lui au séminaire. C'était un jeune homme d'une rare vertu.
Louis tomba malade et mourut le 2 avril 1839.
On possède sa biographie écrite par Jean Bosco,
qui avait soigné son jeune camarade dans sa

maladie avec un amour tout fraternel. Or, les
deux amis s'étaient promis que le premier des
deux qui mourrait viendrait, si Dieu le permettait, annoncer à l'autre la nouvelle de son salut.
Cette convention était connue de la plupart des
séminaristes, et Louis Comollo avait renouvelé
sa promesse sur son lit de mort. Dans la nuit
qui suivit ses funérailles, on entendit au dortoir
un bruit semblable à celui du tonnerre, d'abord
lointain, puis se rapprochant. Tout le dortoir
fut ébranlé et se remplit d'une lumière éclatante.

Les séminaristes, assis sur leur lit, tremblaient
de tous leurs membres. Alors, on entendit dis-
tinctement ces mots : « Bosco, Bosco, Bosco, je
suis sauvé. »

Ceux qui virent l'abbé Bosco en ce moment
disent qu'il était assis sur son lit, les yeux tournés vers le ciel, le visage souriant, mais blanc
comme un linge. Plus tard, Don Bosco racontant ce fait, disait qu'il en avait été malade, et
que sa santé en était restée affaiblie durant
plusieurs années. Il recommandait de ne jamais
faire de ces sortes de conventions, car, disait-il,
la nature ne peut supporter le surnaturel. D'ailleurs, ces choses ne sont pas selon Dieu, n'étant
d'aucune nécessité pour le salut.

Jean Bosco fit au séminaire deux ans de phi-

losophie et trois ans de théologie. Il demanda
à faire la quatrième pendant les vacances. Monseigneur Franzoni, archevêque de Turin, lui
accorda volontiers cette faveur. L'archevêque
savait que, durant tout son séminaire, il avait
toujours obtenu le prix de soixante francs, ré-
servé, dans chaque cours, au premier pour la
science et la conduite. Jean Bosco reçut la ton-
sure et les ordres mineurs le 29 mars 1840,
dimanche de *Lœtare*, le sous-diaconat le 19 septembre de la même année, le diaconat l'année
suivante, la veille de la Passion, 27 mars 1841,
et enfin le 5 juin, veille de la Trinité, il fut
ordonné prêtre.

Sa préparation à ces ordinations diverses avait
été sérieuse ; mais pour la prêtrise il redoubla
de ferveur. La veille de l'ordination, il dit à ceux
qui allaient être élevés au même honneur :

« Demain sera le plus grand jour de notre
vie. Nous allons être ordonnés prêtres et Dieu
nous enverra travailler à sa vigne. Je voudrais
qu'au jour béni de notre sacerdoce, nous de-
mandions spécialement à Dieu la grâce de l'effi-
cacité de la parole. »

Notre jeune prêtre célébra sa première Messe
à Turin, dans l'église Saint François d'Assise,

assisté de son directeur et ami, Don Cafasso,
maître des conférences de théologie morale.

On attendait Jean Bosco dans son pays avec
d'autant plus d'impatience que, depuis un grand
nombre d'années, on n'avait pas eu la messe
d'un nouveau prêtre ; mais il préféra, pour le
premier jour, le silence et la paix.

Le lundi il célébra sa seconde messe à la Consolata, en reconnaissance de toutes les grâces
obtenues du Seigneur Jésus par l'intercession
de sa Mère. Le jeudi de la même semaine, fête
du Saint Sacrement (Corpus Domini), Jean se
rendit au désir de ses compatriotes : il chanta
la messe à Castelnuovo et fit la procession
solennelle.

Ce jour-là, M. le curé voulut réunir à sa table
le fils, la mère, quelques parents de Marguerite,
et les notables du pays. L'allégresse fut générale, car Jean était fort aimé et tous les habitants
de Castelnuovo se réjouissaient de son bonheur.

Le soir, au retour, quand le prêtre de Jésus-
Christ aperçut l'humble demeure où, vers l'âge
de neuf ans, l'avenir lui avait été révélé dans
un songe prophétique, ses yeux se remplirent de
larmes :

« Qu'elle est bonne, s'écria-t-il, cette Providence divine qui de si bas a élevé si haut un

pauvre enfant, jusqu'à lui donner un rang parmi les princes du peuple de Dieu ! »

Sa mère était au comble de la joie, et, le soir, seule à seul, elle lui dit :

« Te voilà donc prêtre, mon cher fils, te voilà près du Seigneur ; mais, ô mon enfant, commencer à célébrer la messe c'est commencer à souffrir ! Ce ne sera point demain, peut-être, mais ce sera bientôt, et tu verras par expérience que ta mère a dit la vérité. Chaque jour, je le sais, vivante ou morte, tu prieras pour moi. Cela suffit. Ne prends aucun souci de ta mère, ne pense qu'au salut des âmes. »

Quelle haute philosophie chrétienne dans ces paroles d'une simple paysanne, et comme elle disait vrai !

A qui veut sauver des âmes, il n'est pas d'autre voie que celle du Calvaire.

L'assurance qu'elle avait donnée à son fils de n'entraver d'aucune manière sa liberté ne fut point démentie par les faits.

Jean put se retirer au *Convict* (séminaire) de Saint-François d'Assise, à Turin, pour étudier pendant deux ans la morale, puis se consacrer entièrement au salut de l'enfance et de la jeunesse.

Jamais l'éloignement de ce fils aimé ne provoqua la moindre plainte chez la vénérable mère.

CHAPITRE XVIII

La mère et le fils au sacrifice.

Le jeune prêtre s'est donné sans réserves à l'œuvre, si chère à Dieu, de la jeunesse pauvre et abandonnée.

Au mois de décembre 1841, le premier oratoire était fondé dans le voisinage de l'église de Saint-François d'Assise, à Turin.

Nommé directeur spirituel du Refuge, placé sous le haut patronage de la marquise de Barol, Don Bosco y élit domicile, et, pour éviter les pertes de temps, il rapproche de lui son oratoire et réunit son petit monde à celui du Refuge.

Par malheur, la marquise ne put supporter le bruit que faisaient ces enfants en jouant : elle congédia le bon prêtre et ses protégés.

Ce fut le commencement de tribulations et d'épreuves sans fin : l'exode du petit peuple d'Israël, le pèlerinage à travers le désert. On erra de Saint-Martin à Saint-Pierre, de la mai-

son Moretta au pré Phillipi, et de bien d'autres
côtés encore, jusqu'au moment où Don Bosco
put enfin louer le hangar et la maison Pinardi.

Marguerite vivait toujours tranquillement aux
Becchi, dans la maison de son fils aîné Joseph.
Elle était loin de soupçonner qu'elle devait bientôt quitter sa paisible demeure pour devenir
l'active coopératrice de l'Oratoire Saint-François de Sales.

Tombé gravement malade, en 1846, et guéri
comme par miracle, Jean était revenu retremper
ses forces au pays natal, près de sa mère. Il
avait conçu dès lors le plan d'une œuvre extraordinaire que les hommes ne pouvaient inspirer.

Mais, pour mener à bien une aussi vaste entreprise, il lui fallait au moins un collaborateur,
et il était seul ! Où trouver un cœur assez généreux, une volonté aussi tenace que la sienne pour
le fortifier et le consoler à travers les difficultés
de tout genre qui devaient l'assaillir ?

Ce n'est pas ici le lieu de passer en revue
les héroïnes de l'action providentielle, mais l'établissement de Saint-François de Sales est un
fait trop considérable en lui-même et dans ses
conséquences, pour ne pas signaler la part que
Dieu voulut y réserver aux femmes chrétiennes.

A la femme du peuple, à la mère, Dieu donna

la pensée d'envoyer son enfant à l'école : on y
vint en foule ; à la femme riche ; il inspira la
générosité : les dons en espèces et en nature
arrivèrent en quantité. Des religieuses travail-
lèrent avec un zèle admirable à l'habillement
et à l'entretien des enfants. Ce fut une émulation générale.

Cependant, entre toutes ces femmes il en est
une qui mérite le premier rang. Ce fut celle qui
la première planta véritablement sur ce terrain
béni de l'Oratoire l'étendard de la charité, et que
les enfants abandonnés acclamèrent à l'envi du
nom de *Mère*, qu'elle méritait si bien.

Maman Marguerite, tel fut désormais le cri
spontané de tous les cœurs.

Cette femme qui marche en tête du glorieux
bataillon, c'est Marguerite Ochiena, c'est la pauvre paysanne, c'est la mère de Don Bosco.

On a constaté bien des fois que Dieu se plaît
à choisir les plus faibles instruments pour opérer les plus grandes choses.

Le jeune prêtre avait retrouvé, aux Becchi,
les forces et la santé ; il lui tardait de revoir sa
chère jeunesse.

Mais de graves difficultés se présentaient sur
son chemin ; des périls de toutes sortes environnaient l'habitation du Valdocco : une auberge

assez mal famée, des voisins et des voisines de
mœurs douteuses touchaient la maison de fort
près : tout cela causait de vives inquiétudes à
Don Bosco.

Très occupé à l'intérieur, obligé de sortir fréquemment afin de solliciter les aumônes, il avait
besoin d'une femme de confiance sur laquelle
il pût se reposer entièrement. Où la prendre ?
Sur ce point son embarras était extrême. Il
expose un jour au curé de Caltelnuovo les exi-
gences et les dangers de la situation.

« Tu as ta mère, » répondit soudain le curé.

Don Bosco paraît surpris et hésitant.

« Mais oui, reprit le curé, prends ta mère ;
elle a le dévouement et l'expérience. Qui pourrait, comme elle, te venir en aide ? Ce sera le
bon Ange qui veillera à tes côtés. »

L'excellent curé disait vrai. Sous un extérieur
simple, aimable et bon, cette femme cachait un
cœur ardent, capable des vertus les plus pures,
et prêt à faire les sacrifices les plus héroïques.

Don Bosco était convaincu. Deux motifs néanmoins l'empêchaient encore d'aborder la question : demander à sa mère une vie de privations
et de sacrifices et lui imposer un emploi qui la
mettrait en quelque sorte sous sa dépendance.

Ces raisons, la dernière surtout, le faisaient reculer.

Il avait pour sa mère un respect si profond, il professait pour elle une vénération si grande, qu'il lui était impossible de rien imaginer de plus parfait. Pour lui et pour son frère Joseph, la maman était tout, et plus tard, devenus des hommes, ils n'en restèrent pas moins, vis-à-vis d'elle, des enfants.

Après avoir mûrement réfléchi et beaucoup prié, Jean prit sa résolution : « Ma mère est une sainte, se dit-il, je puis faire la proposition. »

« Mère, lui annonça-t-il, j'ai l'intention, vous le savez, de retourner à Turin pour me consacrer au salut des enfants délaissés.

« Je ne demeure plus au Refuge, et dans ma nouvelle installation il me faudrait une personne de confiance.

« La maison est mal entourée, vous seule pouvez remédier au mal et me rendre la sécurité. Vous plairait-il de venir rester avec moi ? »

A une interrogation aussi inattendue, la pauvre femme demeura pensive un instant, puis elle répondit :

« Il en coûte à mon cœur d'abandonner notre maison, ton frère et tous ceux que j'aime ; mais si tu crois, mon cher fils, que c'est la volonté de Dieu, je suis prête, et je te suivrai jusqu'au bout du monde.

— Je le crois, s'écria Don Bosco en embrassant sa mère, et en la remerciant de tout son cœur. »

Le jour du départ fut fixé aux premiers jours de novembre, peu après la Toussaint.

Oui, pour Marguerite c'était un grand sacrifice de quitter cette maison si chère. Elle y était la maîtresse respectée et aimée de tous. Rien, dans sa condition, ne lui manquait pour être heureuse. Le sacrifice n'était pas moins douloureux pour la famille de Joseph.

La nouvelle d'une séparation prochaine fit verser bien des larmes. On perdait une mère qui mettait en pratique les préceptes et les conseils tracés de la main de Saint Paul pour les femmes chrétiennes.

Aussi on pleurait cette séparation, mais comme la raison en était connue, et que l'on aimait Dieu, tous se résignaient en silence. L'entreprise, en effet, était noble et généreuse.

Marguerite allait habiter avec son fils, non pas, certes, pour mener une vie commode, agréable, mais afin de partager ses ennuis et ses épreuves ; ce n'était pas la cupidité qui l'attirait, mais uniquement l'amour de Dieu.

Elle savait parfaitement que, loin de lui rap-
porter des profits temporels, le ministère sacré
de Jean Bosco l'obligerait à dépenser le peu
qu'elle avait et à demander l'aumône.

Ces réflexions ne l'ébranlèrent pas un instants : au contraire, pleine d'admiration pour
le courage et le zèle de son fils, elle se sentit
enflammée du désir de l'imiter et de le seconder
jusqu'à la mort.

Heureux les prêtres qui ont de telles mères !

CHAPITRE XIX

Marguerite s'établit à l'Oratoire Saint-François de Sales.

Aux derniers jours d'octobre, Marguerite et Jean se hâtèrent de régler les affaires domestiques, et de faire transporter à l'Oratoire quelques provisions de blé, de maïs, et de légumes.

Le 3 novembre, jour fixé pour le départ, approchait. La nouvelle de l'éloignement définitif de la mère et du fils s'était répandue dans les environs, et avait produit un émoi général.

Pendant sa convalescence, Don Bosco, cédant à son irrésistible inclination, réunissait autour de lui, chaque dimanche, les enfants des alentours.

Fascinés par son affectueuse amabilité, les enfants ne pouvaient se détacher de leur maître, et la semaine s'écoulait dans la douce pensée de se revoir.

Les fruits de ces réunions étaient tellement

visibles et si bien goûtés des parents, que ces
derniers ne songeaient pas sans amertume à la
séparation. Ils avaient espéré que le jeune prêtre se fixerait au milieu d'eux, et voilà qu'ils
apprennent tout à coup le départ de la mère et
du fils !

Ces braves gens, désolés, accourent en foule
à la maison des Bosco ; ils supplient Marguerite
d'user de toute son influence pour changer la
détermination de son fils. Les arguments les
plus persuasifs sont mis en avant ; l'un donnera
de l'argent, l'autre de la toile, celle-ci des œufs,
celle-là des poules ; on promet le nécessaire et
même le superflu :

« Mais de grâce, disaient-ils à Don Bosco,
demeurez parmi nous ; ne privez pas nos enfants
du bien que vous leur faites. »

Et, voyant leurs supplications et leurs instances inutiles, les mères se mirent à pleurer. Ces
larmes pénétrèrent Don Bosco jusqu'au fond du
cœur, mais il fallait obéir à la voix de Dieu.

L'heure des adieux a sonné. Marguerite con-
sole Joseph et ses petits-enfants par l'espérance
du retour, elle s'arrache non sans peine à leurs
embrassements, et les deux voyageurs se diri-
gent vers Turin.

Don Bosco portait son bréviaire, un missel, et

quelques pauvres tableaux. Marguerite avait au bras un panier de linge et quelques objets indispensables.

Le chemin se faisait à l'apostolique, c'est-à-dire à pied, et la distance est grande, des Becchi à Turin ; mais on parlait des choses du ciel et le temps passait vite.

A Chieri, nos pèlerins prennent un peu de repos et de nourriture chez l'avocat Valliberti, dont la famille connaissait les Bosco, et le soir, après une rude journée de marche, ils arrivaient à Turin.

Au Rondo, bourg voisin de leur habitation, Marguerite et Don Bosco rencontrent un ami, l'abbé Vola, prêtre zélé, professeur de théologie, qui se rendait à l'Oratoire. Tout en adressant à Don Bosco de cordiales félicitations pour son rétablissement, le professeur jette un coup d'œil sur les voyageurs.

« Comme vous voilà poudrés ! s'écrie-t-il. D'où venez-vous ?

— Du pays, répond Don Bosco.

— Du pays ! à pied ? Et pourquoi, je vous prie ?

— Parce que nous manquons de ceci ! (faisant glisser le pouce sur l'index).

— Et maintenant, où allez-vous ?

— Nous allons, ma mère et moi, nous établir
à l'Oratoire.

— Vous prétendez vivre à Turin, et vous n'avez
pas le sou ?

— Votre question m'embarrasse, et, pour le
moment, je ne puis y répondre.

— Est-ce que quelqu'un vous attend ?

— Non, personne.

— Et vous n'avez rien pour dîner ?

— *La Providence y pourvoira.*

— Si j'avais su, disait le bon théologien, fouil-
lant ses poches, mais je n'ai pas d'argent sur
moi. Tenez, voilà ma montre, prenez-la toujours en attendant.

— Mais vous, répliqua Don Bosco très ému,
nous n'aurez plus de montre !

— J'en ai une à la maison ; pour m'en aller,
je n'ai pas besoin de l'heure. Vendez celle-ci
et courez au plus pressé. »

Don Bosco lui serra la main avec attendrisse-
ment et, se tournant vers sa mère :

« Voyez, mère, comme la douce Providence
a déjà soin de nous. Alors donc, en avant, et
confiance en Dieu ! »

On arriva enfin au logis, qui comprenait deux
petites chambres, dont l'une devait servir de
chambre à coucher et de cuisine.

Deux petits lits, deux bancs, deux chaises, une malle, une table, un pot, une casserole et quelques assiettes : tel était le mobilier.

N'oublions pas d'ajouter la montre, pour cette nuit-là seulement, car, le lendemain, elle fut bel et bien vendue, et d'urgence.

Sous le toit qui les abritait, la pauvreté et la misère régnaient en souveraines.

Loin de se déconcerter en face d'une pareille indigence, Marguerite et Don Bosco se réjouissaient sincèrement.

Après avoir passé en revue les meubles de l'appartement (l'examen ne fut pas long), Marguerite se retournant vers son fils :

« Aux Becchi, lui dit-elle en souriant, j'avais à ranger, à administrer, à commander : ici la besogne est simplifiée. Dieu soit béni ! »

Et, de bonne humeur, elle se mit à chanter, et Don Bosco l'imita.

Des enfants, venus sous les fenêtres afin de revoir le *père bien-aimé*, les entendaient fredonner l'un et l'autre le ravissant cantique :

« *Petit Ange de mon Dieu.* »

Et le chant se prolongea plus d'une heure.

A dire vrai, cependant, la situation était fort critique. Don Bosco n'était plus aumônier du refuge Barolo, la marquise avait supprimé les

honoraires, et, par conséquent, au chapitre des
dépenses il y avait *tout*, au chapitre des recettes
rien.

Et il fallait vivre, il fallait aussi nourrir et
vêtir un grand nombre d'enfants pauvres qui,
souffrant de la faim et du froid, venaient chaque
jour à la porte demander du pain, des chemises, des chaussures, des vêtements sans les-
quels ils ne pouvaient se rendre au travail, et
Marguerite et son fils n'avaient pas le courage
de les renvoyer sans secours.

À ce train, les provisions des Becchi furent
vite épuisées, le linge et les vêtements eurent
bientôt disparu.

Comment donc marcher en avant ? comment
soutenir une œuvre qui dépassait à ce point les
forces humaines ?

La divine Providence est là, sans doute, mais
il ne convient pas de l'obliger à des miracles
perpétuels.

C'est pourquoi Don Bosco se défit de quelques
champs et d'une vigne. Marguerite, à son tour,
vendit son trousseau de mariage : l'anneau, les
pendants d'oreilles, le collier, tous les joyaux
qu'elle avait conservés avec un soin jaloux jusque-là, furent sacrifiés sans exception.

De la robe et du linge on fit une aube, des

rochets, des purificatoires, une nappe d'autel. L'argent du collier servit à acheter des galons et des garnitures pour les ornements d'église.

Malgré son détachement admirable, la mère de Don Bosco ne vit pas sans douleur passer en des mains étrangères ces précieux souvenirs.

« Quand il fallut les livrer à des marchands, disait-elle plus tard, je ressentis un trouble intérieur, mais cette émotion ne dura qu'un instant.

« Eh quoi ! m'écriai-je, pauvres gages d'une union bénie, quelle destinée plus belle pouviez-vous ambitionner ? Nourrir et vêtir des enfants misérables, parer l'épouse de Jésus-Christ, pouvait-on vous faire un plus grand honneur ?

« Et cette réflexion, ajoutait Marguerite, me rendit si heureuse, que si j'avais eu mille colliers de perles, je les aurais tous donnés sans une ombre de regret. »

Don Bosco loua à un certain Pinardi une chambre qu'il convertit en sacristie, puis d'autres appartements fort utiles à l'Oratoire, car le nombre des enfants croissait démesurément. Il y en avait jusqu'à mille, les dimanches et les jours de fête.

On les réunissait, pour l'école, dans les chambres, dans la cuisine, dans la cour, dans la sacristie, dans la chapelle même.

C'était bien un peu, dans ce temps-là, le sens dessus dessous général.

Les allées et venues, les voix des maîtres et des élèves, les chants, les clameurs, tout cela s'entremêlait non sans un certain désordre, mais il était impossible de faire autrement.

Animée par la foi, par la pensée supérieure et divine qu'elle travaillait au salut des âmes en compagnie de son fils, Marguerite Bosco soutint avec une vaillance admirable, pendant douze années, les charges et les ennuis de cette vie agitée, tumultueuse et si différente de la vie paisible des champs qu'elle avait menée jusque-là.

CHAPITRE XX

Le premier Refuge.
Marguerite et les jeunes orphelins.

Pour opérer un bien solide et durable, ce n'était point assez des écoles et des réunions du dimanche. L'expérience l'avait démontré clairement à Don Bosco.

Des enfants de Turin et d'ailleurs manifestaient le désir sincère de mener une vie réglée et laborieuse. Pour donner suite à ces bonnes intentions, il fallait un abri, il fallait un refuge.

Sans l'hospitalité de jour et surtout de nuit, ces enfants étaient obligés de courir les aventures pour trouver un logement misérable et souvent dangereux.

Au contact d'enfants corrompus, les résolutions les meilleures s'évanouissaient, les fruits de la semaine étaient perdus en un instant.

Enflammé du plus vif désir de remédier à

un si grand mal, Don Bosco résolut d'héberger,
au moins la nuit, les plus abandonnés.

Il n'avait, hélas ! qu'un fenil pour asile. De la
paille fraîche, quelques draps et quelques couvertures, des sacs fort *commodes* et surtout fort
économiques (chacun d'eux valait deux draps),
formaient l'ameublement : c'était peu mais c'était
beaucoup pour ceux qui n'avaient rien.

Par malheur, au début, les protégés du pauvre prêtre ne répondirent pas d'une manière
encourageante à sa tendre charité.

Un beau soir, par exemple, à la nuit tom-
bante, Don Bosco recueille une troupe de garnements qui n'avaient d'autre espoir que de
coucher à la belle étoile.

Après les avoir réconfortés par une bonne
galette, il les conduit lui-même au grenier par
l'échelle de bois qui, seule, y donnait accès du
dehors.

Avec eux il récite dévotement *Notre Père* et
Je vous salue, Marie; ensuite, il leur donne un
drap et une couverture pour les garantir du
froid, et leur souhaite la bonne nuit.

Le lendemain, dès l'aurore, Don Bosco n'a rien
de plus pressé que de rendre visite à ses hôtes.

Un silence absolu régnait au grenier. Les
croyant plongés dans un sommeil profond, le

Père monte afin de les éveiller et de les envoyer au travail. Les petits misérables avaient déguerpi, emportant draps, couvertures, sacs et jusqu'à la paille elle-même...

Ces mésaventures ne décourageaient pas l'homme de Dieu ; sa volonté s'affermissait au contraire.

Les premiers matériaux n'étaient pas dignes d'entrer dans les fondements de l'Oratoire. La divine Providence réservait à Marguerite d'en poser la première pierre.

C'était un soir de mai, le mois de la bonne Mère, il se faisait tard, la pluie tombait à torrents, Don Bosco et sa mère avaient à peine achevé leur modeste repas, qu'un garçon d'une quinzaine d'années, trempé jusqu'aux os, frappé à la porte et demande un refuge et du pain.

Marguerite l'accueille avec bonté, le fait approcher du feu, le réchauffe, le sèche, lui sert une bonne écuelle de panade fumante et du pain.

Le voyant restauré et content, Don Bosco lui demande d'où il vient, s'il a des parents, s'il exerce un métier. L'enfant répond :

« Je suis orphelin, je n'ai ni père ni mère ; je suis maçon et je cherche du travail. J'avais trois francs, et les ai dépensés avant de gagner un sou, et je n'ai plus rien, ni patron, ni argent. »

— As-tu fait ta première communion ?

— Pas encore.

— As-tu reçu la confirmation ?

— Pas davantage.

— As-tu été à confesse ?

— Oui, quand ma bonne mère vivait encore.

— Et maintenant, que veux-tu faire ?

— Je n'en sais rien ! je vous demande en grâce de passer la nuit dans un coin de cette maison. »

Le pauvre enfant se met à pleurer ; Marguerite pleure aussi, et Don Bosco, très attendri, lui dit :

« Je te donnerais bien un gîte, mais tes prédécesseurs, à qui j'ai donné l'hospitalité, ont emporté les couvertures et je crains que tu n'en fasses autant.

— Non, Monsieur, soyez tranquille, je ne suis pas un voleur.

Don Bosco demande alors à sa mère de préparer un lit quelconque ; le lendemain on avisera pour le mieux et à la grâce de Dieu.

Après avoir un instant réfléchi sur le logement à choisir, on se décide pour la cuisine. Marguerite avait des craintes pour la marmite ; mais il était facile de remédier à toute tentation de larcin en fermant la porte à la clef.

Une douzaine de briques servent de support à trois planches sur lesquelles on étend une paillasse, et le lit est prêt. Marguerite fait à l'enfant une pieuse exhortation à l'honnêteté.

Sans y penser, elle inaugurait l'usage qui s'est maintenu dans toutes les maisons de la Congrégation. La prière du soir terminée, le Père de la famille Salésienne souhaite aux enfants le bonsoir du cœur, et les endort, pour ainsi dire, dans une sainte et salutaire pensée.

Cette pratique a produit des résultats merveilleux, et elle a été mise en vogue, dans les plus importants de nos Oratoires.

Marguerite a fini sa morale ; elle invite l'enfant à réciter sa prière. Hélas ! il l'avait oubliée !

On la récite en commun ; l'enfant répétait les prières à haute voix.

Don Bosco se retire et ferme la cuisine dans l'intérêt de la marmite et des autres ustensiles dont la perte aurait été fort sensible dans le ménage.

Par bonheur, la précaution était superflue ; le brave garçon ne ressemblait pas du tout à ses devanciers ; il n'avait de commun avec eux que la pauvreté.

Le lendemain, Don Bosco lui trouva de l'ouvrage, mais l'hiver arriva, et pour les maçons c'est la morte saison. Le travail manqua. L'enfant dut retourner au pays natal, et on ne le revit plus ; son nom même est resté inconnu.

Pauvre berceau salésien ! l'humilité et l'obscurité l'environnent.

Du côté des enfants, on n'a pas même le nom du premier *interne* à graver sur la pierre fondamentale de l'Oratoire !

En juin de cette année, Don Bosco revenait, au déclin du jour, de l'église Saint-François d'Assise à l'Oratoire. Au Cours la Reine Marguerite, il voit ou plutôt il entend un garçon d'une douzaine d'années qui, la tête appuyée contre un arbre, pleurait à chaudes larmes. Il s'en approche :

« Qu'as-tu donc, mon enfant, quelle est la cause de ton chagrin ?

— Je suis seul, abandonné, voilà pourquoi je pleure, dit l'enfant d'une voix entrecoupée par les sanglots. Mon père est mort il y a longtemps ; ma bonne mère est morte hier, on l'a enterrée aujourd'hui... »

Et ses sanglots redoublent. C'était à fendre le cœur ; il en fallait bien moins pour intéresser le bon prêtre à l'enfant.

« Et la nuit dernière, reprit Don Bosco, où as-tu dormi ?

— Dans notre maison ; mais, le dernier terme n'étant pas encore payé, le propriétaire a fait saisir le pauvre mobilier ; le corps de ma chère maman étant à peine hors de la chambre que cet homme a fermé la porte du logis, et je suis sans mère, sans pain et sans abri.

— Viens avec moi, dit le prêtre de Jésus, je te donnerai du pain, un refuge et aussi une mère.

— Oui, oui, je veux aller avec vous ; mais qui êtes-vous donc ?

— A cette heure, un ami ; cela suffit, je pense, tu sauras bientôt mon nom.

« Mère, dit Don Bosco en arrivant, la divine Providence nous envoie un second fils. Prenez-le de ses mains et bénissons Dieu !

Marguerite accepta l'enfant comme un envoyé du ciel et se mit à l'œuvre.

L'enfant désormais fut nourri, logé et soigné dans le nouvel hospice de la divine Providence.

Peu de temps après, Don Bosco loua la maison Pinardi tout entière, et le nombre des enfants recueillis, c'est-à-dire des pensionnaires nourris et couchés pour l'amour de Dieu, s'éleva rapidement jusqu'à trente.

CHAPITRE XXI

Apostolat de Marguerite. — Souvenirs
pleins d'intérêt et piquants détails.

Avec le nombre des enfants croissaient les labeurs de la vaillante mère de Don Bosco. Ses fatigues étaient sans mesure et sa prière sans interruption. Sur elle seule retombait le poids énorme de l'ordre matériel ; seule elle devait penser à tout, pourvoir à tout.

Ce n'était pas, certes, la nourriture de son fils et la sienne qui lui donnaient de grands soucis.

Le dimanche, elle bâtissait une espèce de tourte qui durait jusqu'au jeudi soir, et le vendredi elle en faisait une autre un peu plus maigre qui conduisait aisément jusqu'à la fin de la semaine, et l'on trouvait, à ce système, économie de temps et d'argent.

Mais les occupations et les dépenses par ailleurs ne manquaient pas ; qui ne sait comme elles se multiplient dans un ménage !

A Maman Marguerite incombait le devoir de préparer l'énorme quantité de panade nécessaire à tous ces appétits ; à elle, de préparer et distribuer les portions du dîner et du souper ; à elle, d'écosser les haricots, de peler les pommes de terre et de casser du bois ; à elle, de tailler et coudre les vêtements ordinaires : chemises, caleçons et bas ; à elle encore, de surveiller la lessive ; en un mot, il fallait avoir l'œil et la main à tout.

Puis elle avait son point d'honneur, Maman Marguerite ! elle aimait à voir les enfants convenablement vêtus pendant la semaine, et très propres, j'allais même dire bien habillés les dimanches. Elle les traitait absolument de la même façon que ses propres fils.

Don Bosco lui venait en aide, sans doute, ne dédaignant pas de faire la polenta, ni de fendre le bois, ni de coudre un pantalon ; mais son ministère l'appelait fréquemment au dehors ; en somme les charges matérielles retombaient à peu près uniquement sur les épaules de sa mère.

C'était lourd, et cependant, malgré la pesanteur du fardeau, cette femme ne semblait avoir qu'un but : pressentir et prévenir les intentions de son fils.

Dans les dispositions à prendre et dans l'ad-

ministration des affaires domestiques, elle inter-
prétait si fidèlement et devinait si bien ses
volontés qu'elles étaient accomplies avant même
d'avoir été manifestées.

Toujours gaie et toujours aimable, elle était
aimée de tous, et cependant elle savait, au
besoin, donner un avis utile pour empêcher un
dégât ou s'opposer à un désordre; mais la
louange était mêlée au blâme, et la douceur
affectueuse tempérait la réprimande salutaire.

Son langage, naturellement franc, énergique,
riche de figures, de proverbes et de paraboles,
étonnait Don Bosco lui-même.

Comme sa chambre n'était séparée de la cuisine que par une cloison fort mince, il écoutait
avec plaisir cette parole primesautière et nua-
gée.

Les jeunes gens avaient pour Marguerite non
seulement du respect, mais un amour filial, et
jamais elle n'abusa de cette déférence pour
dominer dans l'Oratoire; jamais elle ne se pré-
valut de l'honneur d'être la mère de Don Bosco.

Voilà bien la preuve d'un tact parfait. Elle
sut également éviter tous les recours à l'autorité
de son fils, qui auraient pu diminuer la confiance des jeunes gens dans le commandement:
il n'y avait qu'un seul maître, Don Bosco.

Du jour où le premier enfant revêtit l'habit ecclésiastique et participa, dans une certaine mesure, au gouvernement spirituel de la maison, Marguerite s'effaça complètement sous ce rapport ; elle se fit humble et soumise devant le jeune abbé qui, du reste, ne lui donna jamais, dans son cœur et sur ses lèvres, d'autre nom que celui de *Mère*.

Pendant les années où Marguerite demeura seule avec Don Bosco, il en était un peu autrement. Le champ livré à son zèle était vaste, elle exerçait son apostolat particulièrement sur les enfants les plus bizarres et les plus rebelles.

A tel indiscipliné qui ne pouvait supporter aucun frein :

« Mais enfin, disait-elle, le moment de te convertir viendra-t-il bientôt ? Pour être bon à quelque chose, il faut étudier ; on dirait vraiment que tu prends à cœur de mal faire et d'aller au-devant des reproches.

« Vois donc les bons enfants, imite-les et tu seras aimé de tes compagnons, de tes maîtres, du bon Dieu, et tu seras heureux. »

A tel autre qui n'apprenait son métier qu'avec dégoût :

« Comment ! Pour te donner un morceau de pain Don Bosco sue sang et eau, et tu ne veux

pas même apprendre à travailler ? Mais plus
tard, espères-tu gagner ton pain sans rien faire ?
Il faudra manger pourtant. Veux-tu finir en
prison ? Veux-tu le déshonneur, et l'enfer ensuite ? »

Au batailleur, au querelleur, elle disait nette-
ment :

« Sais-tu bien que tu es plus méchant que les
bêtes ! Les chevaux, les moutons ne se battent
pas entre eux, et vraiment ils sont meilleurs que
toi. Tes camarades ne sont-ils pas tes frères ?
Le Seigneur n'est-il pas votre père à tous ? La
vengeance est défendue, Dieu la punira un jour. »

Au gourmand, au glouton :

« Vois les animaux, ils ne mangent pas au-delà
de leur appétit, de leur besoin ; veux-tu descendre au-dessous d'eux ?

« Dépasser la mesure, c'est vider la bourse et
ruiner la santé. La gourmandise est la mère de
bien des vices. »

Dans mille autres circonstances, soit en public, soit en particulier, elle savait trouver l'aver-
tissement utile et salutaire.

Il faut l'avoir vue, l'avoir entendue pour se
faire une idée de l'à-propos, de la vigueur et de
la tendresse de ses paroles. Elle proportionnait
la réprimande de l'âge, à la faute et à la con-

dition des enfants. Ses reproches affectueux
faisaient pleurer les petits et les grands. Calme
et souriante, elle passait sans effort du blâme
à l'éloge.

Un enfant sage et pieux apparaissait-il au
moment où elle infligeait à quelque récalcitrant
l'admonition la plus sérieuse :

« Ah ! disait-elle, à la bonne heure, voici notre
consolation ! Continue, mon fils ; Dieu est content de toi. Don Bosco est heureux, et tu te
prépares déjà une belle couronne en paradis. »

Evidemment, l'éloquence de Marguerite ne produisait pas toujours des effets immédiats. Certains espiègles, à l'air contrit et repentant, re-
commençaient leur fredaines aussitôt qu'elle avait
tourné les talons.

Mais, plus d'une fois, en pareil cas, on entendait une fenêtre s'ouvrir et on voyait apparaître
un témoin fort inattendu : c'était Don Bosco.
Le délinquant baissait la tête et cachait son
visage dans ses mains.

Si Marguerite connaissait la récidive, elle plai-
dait encore admirablement la cause du coupable :

« C'est jeune, redisait-elle souvent ; mais le
cœur est bon, la charité et la patience en viendront à bout. »

Les enfants qui fuyaient les camarades et

recherchaient un coin solitaire, parce qu'ils étaient grondés et punis, étaient l'objet de son attention toute particulière. Elle ne voulait pas les laisser ruminer leur fiel en silence.

« Une blessure demande un emplâtre, disait-elle ; la punition leur a été infligée pour leur bien, mais encore faut-il faire entrer cette vérité dans leur cœur. »

C'était bien là, par excellence, la méthode de Don Bosco. Rendre les enfants meilleurs, non par la crainte, mais par l'amour : il n'avait pas d'autre pensée ; à son point de vue, la conscience devait être un grand auxiliaire.

Le préfet, l'assistant, le censeur, c'était la conscience, et, par amour de Dieu, par amour du *Père*, les enfants s'abstenaient du mal, et, s'ils commettaient des fautes, ils s'en confessaient avec repentir, et l'on travaillait par conscience.

Cette maxime de l'Apôtre : « Qui ne travaille pas ne doit pas manger », était en grand honneur à l'Oratoire. Elle avait la forme d'un axiome et, travestie en un latin burlesque :

Qui non laborat non mangiôrat,

elle était sans cesse sur les lèvres des apprentis.

Un enfant paresseux faisait-il exception, Don Bosco l'appelait :

« Eh bien, comment allons-nous ?... On ne veut pas travailler, paraît-il ? A ma place, que ferais-tu d'un fainéant ? »

Là-dessus, Don Bosco laissait le paresseux à ses réflexions. Très affligé d'avoir contristé le bon Père, l'enfant, parfois, se retirait tout pensif et refusait d'aller au réfectoire.

Marguerite le surveillait et trouvait le moyen de le rencontrer comme par hasard ; elle l'interrogeait adroitement, confirmait les justes réprimandes, disait un mot d'encouragement et finissait par tirer de sa poche un beau morceau de pain dans lequel se trouvait en grande partie la portion commune.

Cette prévenance maternelle touchait le cœur du délinquant, qui pleurait, refusait, et finissait par accepter de bonne grâce.

Une autre fois, elle emmenait le coupable à la cuisine ; chemin faisant, elle le moralisait ; puis, après la morale, elle lui servait à dîner avec recommandation expresse de n'en parler à personne : « Autrement, disait-elle, je ferais belle figure si on venait à le savoir, je paraîtrais encourager les méchants ! »

« Je ne serai pas grondée par ta faute, j'espère. Va promettre à Don Bosco, et surtout au bon Dieu, de ne plus recommencer.

« — Oui, oui, j'irai, je ne veux plus leur faire du chagrin, » répondait l'enfant. Et les effets de la promesse se faisaient ordinairement sentir peu après.

L'ingénieuse charité de Marguerite se manifestait en mille circonstances. Les occasions ne faisaient pas défaut à l'Oratoire.

Tantôt l'enfant, retenu le soir par le patron, laissait sa place vide. Marguerite voyait tout, réservait une bonne part de panade, la tenait sous les cendres chaudes, puis elle attendait jusqu'à onze heures, quelquefois jusqu'à minuit, malgré les extrêmes fatigues du jour. Elle se couchait seulement quand l'enfant avait soupé.

Tantôt c'était un des moins âgés qui venait errer dans la cuisine :

« Que cherches-tu, petit ?

— Une pagnotte, maman Marguerite.

— Tu l'as eue au déjeuner, ta pagnotte.

— Oui, mais j'ai encore faim.

— Tiens, pauvret, mange-la ; mais garde le silence, sinon tous tes camarades viendront et le pain sera gaspillé dans la cour.

— Soyez tranquille, Maman, je ne le dirai pas. »

Il s'envolait, et les camarades, en le voyant la bouche et les mains pleines :

« Qui te l'a donnée ? » s'écriaient-ils.

— C'est maman Marguerite. »

Et l'on accourait à la file. Marguerite ne savait pas dire non.

Le dimanche suivant, le petit bonhomme recommençait naturellement son manège. Il recevait d'abord un sermon :

« Eh quoi ! petit bavard, ne t'avais-je pas recommandé le silence ? Tu m'as trahie, tu n'auras rien.

— Fallait-il mentir ? répliquait l'enfant avec innocence... ou malice. »

Et Marguerite absolument désarmée : « Tu as raison, le mensonge est abominable. »

Et, sans raisonner davantage, Maman donnait la pagnotte et l'enfant partait heureux.

Ah ! qu'elle aimait, cette mère, les enfants qui se distinguaient par leur piété et leur entrain joyeux ! Et comme ils savaient profiter de cette affection maternelle ! L'abus, il est vrai, n'était pas très considérable, et il pourra faire sourire plus d'un lecteur.

À la collation (merenda), le pain sec faisait tous les frais. Quelques enfants gâtés montaient à la cuisine :

« Maman, je n'ai rien sur mon pain.

— C'est déjà beaucoup d'avoir du pain.

— Oui, mais il est un peu sec et passe diffi-
cilement.

— Allons, gourmand, je te vois venir ; il faudrait sans doute des confitures à monsieur ?

— Maman, disait l'enfant malin en la regar-
dant au visage, non, pas de confiture. »

La *Maman* se rendait avec bonheur, et on
s'en allait avec un supplément de fromage ou
de lard, pas assez pour la gourmandise, mais
assez pour faire passer du pain sec.

S'il nous plaît de rappeler ces humbles souvenirs, c'est qu'un rayon d'amour et de bonté les
illumine, c'est que le successeur de Don Bosco,
Don Rua, et plusieurs de ses confrères ont vécu
ces premières et chères années de l'Oratoire.

Les malades, les petits estropiés, étaient l'objet des plus tendres attentions de Marguerite.
Elle savait, en effet, ramener le sourire sur leur
visage ; elle soignait avec un zèle et un amour
maternels toutes les infirmités.

Jour et nuit elle était aux ordres de ses malades, elle souffrait de leur mal. Elle voulait connaître la cause du moindre gémissement, de la
moindre plainte.

Si l'enfant, dans un cas plus grave, devait se
mettre au lit, elle s'établissait à ses côtés, pré-

parait les médecines, et veillait elle seule avec un dévouement absolu.

Le fait suivant nous révèle bien la charité de son cœur.

Un enfant avait été atteint d'un mal contagieux ; il fallut l'isoler. Marguerite devint son unique infirmière, et lorsque, pour la sécurité des autres enfants, et le plus grand avantage du malade, il fut décidé qu'il irait à l'hôpital, Marguerite en conçut un profond chagrin.

Elle l'accompagna silencieusement jusqu'à la porte et, quand on eut déposé l'enfant sur le brancard et qu'elle le vit s'éloigner, elle fondit en larmes.

Cette femme était vraiment l'Ange gardien de la maison.

CHAPITRE XXII

La vie réelle et ses ennuis.

Le ciel n'était pas toujours sans nuages.

Dans une maison peuplée d'enfants, la patience de Marguerite était extrême, il est vrai, mais l'histoire nous oblige à dire qu'elle était souvent mise à de rudes épreuves.

Amie de l'ordre et de l'économie, deux vertus si nécessaires à l'Oratoire, la maîtresse de la maison ne voyait pas sans peine les dégâts et les gaspillages causés par une jeunesse vive, nombreuse, étourdie.

Qu'on nous permette de relater une épisode entre beaucoup d'autres.

La campagne de 1849 était terminée. Fidèle à l'Oratoire où il a été élevé, un *bersagliere*, de retour à Turin, fréquente les réunions du dimanche avec une assiduité exemplaire. Ses récits animés font naître, dans l'esprit des enfants, l'idée et le désir de jouer au soldat.

Don Bosco consent avec joie et le bersagliere forme un bataillon.

L'administration prête deux cents fusils sans canon, les bâtons complètent l'armement, et bientôt l'Oratoire possède une milice qui se flatte de rivaliser avec de vrais soldats.

Acteurs ou spectateurs, les jeunes gens étaient passionnés pour ces exercices. Les manœuvres et les combats simulés excitaient au plus haut point leur intérêt.

Aux grands jours de fête, les miliciens contribuaient au bon ordre de la maison et figuraient avec honneur dans les cérémonies religieuses.

Cela fit du bruit dans Turin. Dès ce jour, on vit s'acheminer vers l'Oratoire des enfants qui l'avaient quitté pour courir à des plaisirs dangereux, et d'autres qui voulaient déserter, pour la même raison demeurèrent au poste.

Le but que se proposait Don Bosco était atteint. La milice, elle aussi, concourait au salut des âmes. Mais, hélas ! toute médaille a son revers, et cette réflexion banale nous ramène à maman Marguerite.

Au fond de la cour l'attentive ménagère possédait un jardin qu'elle cultivait avec un soin jaloux. Il était pour elle si précieux ! Elle y récoltait des oignons, des salades, des pois, des haricots, des carottes, des navets et d'autres légumes encore.

Dans les moments difficiles, elle avait tout cela sous la main.

Or, un jour de grande fête, on résolut de livrer un grand combat. Naturellement la foule accourt de Turin.

Le bersagliere divise l'armée en deux camps, et détermine à l'avance quel sera le vainqueur. Ordre est donné de respecter le jardin : défense absolue de franchir la haie qui l'entoure.

Au son de la trompette, à la voix grave du commandant, les deux troupes s'élancent des extrémités opposées de la cour ; elles s'avancent l'une contre l'autre, la baïonnette au bout du fusil.

On se précipite, on s'arrête, on recule, on essaie des surprises, on charge et on décharge les armes ; il ne manque à la bataille, pour être sérieuse, que les coups de fusil, le bruit du canon, les éclats de la mitraille, et, fort heureusement, les morts et les blessés.

Les spectateurs dévorent des yeux les combattants, battent des mains, crient *bravo;* ils crient si bien qu'en l'absence d'un autre feu, ce feu des applaudissements enflamme les guerriers. Les vainqueurs serrent de trop près les vaincus, la consigne est méconnue, la haie n'est plus un obstacle, elle est brisée et foulée aux pieds ; on tombe et on se relève au milieu des navets et des choux.

Ni la voix du commandant, ni la trompette ne peuvent dominer les éclats de rire, les applaudissements de la foule et les cris des combattants.

Quand les deux partis se remirent en rangs, il ne restait du jardin que la place qu'il avait occupée.

Il y avait un témoin que ce spectacle ne faisait pas rire. A l'entrain que l'on avait mis à la destruction, Marguerite aurait pu soupçonner que l'assaut terrible avait été donné au jardin pour rendre la bataille plus intéressante.

Elle s'en plaignit à son fils :

« Mais vois, dit-elle, vois donc l'œuvre du bersagliere mais c'est la ruine de mon jardin ! »

Don Bosco la consola de son mieux, l'exhorta à la patience, mit le tout sur le compte de l'entraînement et de l'âpreté du combat.

Le général, très mortifié de cet incident, fit des excuses. Don Bosco les accepta gracieusement, et donna des bonbons aux vainqueurs et aux vaincus. Le jardin, toutefois, ne se releva pas de ses ruines.

Des faits semblables se renouvelèrent. Et voici

qu'un beau jour de l'année 1850, Marguerite
entre dans la chambre de son fils.

« Ecoute-moi, lui dit-elle, je me sens impuissante à faire régner l'ordre dans la maison ;
chaque jour ce sont de nouvelles friponneries.
L'un jette à terre le linge étendu au soleil, l'autre dépouille les vignes de leurs plus belles
grappes, ou ravage les légumes du jardin.

« Les vêtements sont déchirés à plaisir, et le
raccommodage devient souvent impossible. On
cache des chemises, des mouchoirs, des caleçons, que je ne puis retrouver.

« Il y a des enfants qui, pour s'amuser, em-
portent jusqu'aux ustensiles nécessaires à la
cuisine.

« Ecoute, mon fils, je perds mon temps et ma
peine, je ne puis tenir à ce désordre : je regrette
ma quenouille et ma tranquillité. Il me faut
retourner au Becchi, pour y finir le peu de
jours qui me restent à vivre. »

Don Bosco fixe sur sa mère un regard at-
tristé ; puis, sans proférer une parole, il montre
le crucifix attaché à la muraille.

Marguerite a compris et ses yeux se remplissent de larmes :

« C'est vrai, dit-elle, je l'avais oublié. » Et,
sans autre explication, elle retourne avec bon-

heur à son difficile apostolat. Toutes les petites
misères d'une vie tumultueuse ne purent désormais troubler son calme imperturbable.

Un étourdi s'amusait, un jour, à effrayer les
poules, et il n'y réussissait que trop. La gent
emplumée s'envolait au jardin, par-dessus les
murs, jusque dans un pré voisin, en jetant des
cris d'effroi.

Marie, sœur de Marguerite, sa compagne et
son aide à l'Oratoire, criait contre le petit misérable, et se démenait de son mieux pour recueillir et ramener les poules au logis.

A ses clameurs, Marguerite était sortie de sa
chambre, et, voyant que le feu n'était pas à la
maison, elle observait et demeurait fort tranquille.

« Que veux-tu, ma pauvre sœur ! lui dit-elle,
les enfants sont des enfants : c'est vif, c'est
prompt, mais ce n'est pas méchant. Soyons pa-
tientes. Avec la patience on vient à bout des
plus turbulents.

« Don Bosco veut la patience, et Notre-Seigneur la bénit. »

A cette même époque, Don Bosco donna une
plus grande extension aux classes de musique
vocale et instrumentale. Quand on avait préparé un morceau, on allait le chanter dans

quelque église, à l'occasion d'une cérémonie.
Ainsi les chanteurs étaient stimulés, acquéraient
de l'aplomb et préparaient avec soin leur partie.
Don Bosco ne pouvant suffire à tout, se faisait
aider : ce fut toujours son grand art de faire
agir les autres. Il eut des maîtres musiciens qui
ont laissé un renom d'artistes. Ce fut d'abord le
chanoine Louis Nasi, et ensuite Don Michel-
Ange Chiattellino.

Avec la musique on eut aussi les représenta-
tions scéniques, qui étaient une récréation pas-
sionnément convoitée, et dans lesquelles la musique entrait pour une notable part.

Les dimanches qui précédaient le carnaval,
Don Bosco donnait une nouvelle forme à la prédication. Il voulait qu'elle se fît sous forme de
dialogue. Cette nouveauté plaisait et attirait.
Don Bosco n'avait garde d'oublier les attractions
religieuses. Il établit le lavement solennel des
pieds le soir du jeudi-saint. Ce fut pour ses
disciples un jour de sainte émotion, presque
comparable à celle de la première communion.
Que Don Bosco était beau à voir ce jour-là !
Avec quelle charité, avec quelle profonde humilité il exerçait cette fonction ! Nous croyions
posséder au milieu de nous Jésus en personne.

La fête de saint Louis de Gonzague devint dès

lors très solennelle. Don Bosco y invitait plusieurs
notabilités laïques et ecclésiastiques. Les laïques
présidaient certaines réunions, les ecclésiastiques
prêchaient ou chantaient la messe. C'est ainsi que
plus d'un évêque eut l'occasion de visiter l'Oratoire et de s'approcher des enfants du peuple.
Parmi les laïques éminents qui honorèrent cette
fête de leur présence, on vit en 1850, les deux
fils du marquis du Cavour, Gustave et Camille.
Hélas ! ce dernier qui était alors si fervent, et
qui édifia toute l'assistance par son maintien
profondément religieux, devait un jour causer
de bien amers chagrins à Pie IX et à tous les
vrais catholiques !

Don Bosco devenait de plus en plus populaire : Dieu le voulant ainsi pour le bien des
âmes. On en eut la preuve au milieu des trou-
bles qui surgirent en août 1850. Les maisons
religieuses furent assaillies par une populace
soudoyée. On entourait les monastères et l'on
criait : « Mort aux prêtres ! » Les furieux se
trouvaient près de la Consolata et menaçaient
les religieux qui desservaient le sanctuaire. Tout
à coup une voix se fait entendre : « Allons chez
Don Bosco ! »

On allait en venir à l'exécution, quand un de
la bande s'écria : « Don Bosco, mais c'est le

bienfaiteur des enfants du peuple ! Ce n'est pas :
Mort à Don Bosco ! c'est : Vive Don Bosco ! qu'il
faut dire. » Et la troupe des forcenés prit une
autre direction.

On devine quelles actions de grâces rendirent
à Dieu Marguerite et son fils, témoins d'une
protection aussi éclatante de la Providence...

CHAPITRE XXIII

Proverbes et bons mots de dame Marguerite. (1)

Ceux qui ont connu la bonne *Mère Marguerite*, et qui sont devenus des hommes, ne sauraient oublier ni le répertoire où elle puisait de quoi assaisonner sa conversation, ni les belles maximes qu'elle gravait si bien dans leurs âmes.

Je relaterai ici quelques souvenirs simples et familiers de nos premières années.

Marguerite est assise dans sa chambre. A sa droite et à sa gauche, de pauvres chaises sont encombrées de vêtements à raccommoder.

Elle coud avec rapidité sans lever les yeux. Et cependant il y a là devant elle un personnage assez honteux.

---

(1) Dans une langue étrangère, les proverbes perdent leur parfum, qui l'ignore ? J'essaie néanmoins la traduction de ce chapitre, d'abord écrit en italien, parce que l'esprit et la bonté de Marguerite Bosco s'y révèlent sous un nouveau jour.

« On était docile et pieux autrefois ; on devient
capricieux et dissipé, paraît-il. Et pourquoi ce
changement, s'il vous plaît ?

— Je ne sais pas.

— Je le sais bien, moi: c'est qu'on ne prie
plus, n'est-il pas vrai ?

— C'est vrai, voilà pourquoi je suis méchant.

— Prends garde, si le Seigneur n'est pas avec
toi, que feras-tu ? Rien de bon, peut-être beaucoup de mal. Prends garde !

— « Pour descendre, descend qui veut ; mais
pour monter, monte qui peut ».

Un autre a commis une faute qui n'est pas
si légère, et cependant il vient demander une
faveur. De la main droite bien ouverte il attend,
de la main gauche il se couvre un peu la figure.

« Je veux bien te donner ce que tu demandes,
mais, dis-moi, quand es-tu allé à confesse ?

— Hier je n'avais pas le temps.

— Et samedi ?

— Il y avait trop de monde.

— Et dimanche ?

— Je n'étais pas préparé.

— Oui, oui, je comprends.

« Une mauvaise lavandière ne trouve jamais
de bonne pierre. »

Un enfant présente sa veste : il y manque un bouton :

« Tiens, dit-elle, voici du fil, une aiguille et un bouton, couds-le toi-même ; il faut savoir se tirer d'affaire en ce bas monde.

« Celui qui n'est pas capable de se tailler les ongles des deux mains, ne sera pas capable de gagner son pain. »

Maman Marguerite est une excellente consolatrice des affligés.

Le pauvre petit est à ses pieds, assis sur un escabeau ; il raconte l'histoire lamentable de ses infortunes : les autres lui ont fait du mal, on lui a joué un mauvais tour.

Marguerite a trouvé la parole aimable et plaisante qui l'a fait sourire et elle y ajoute une grappe de raisin.

L'enfant prend d'une main et de l'autre il essuie ses larmes.

« Petit poltron, dit Marguerite, il y a bien de quoi pleurer ! Il faut être un homme et souffrir bravement les misères de la vie.

« Il n'y a pas de pays pour être mal comme le pays de ce monde. Pour avoir la paix il faut attendre et mériter le paradis. »

L'étourdi ! n'a-t-il pas imaginé de faire une

pelotte, une balle, d'un mouchoir déchiré ! d'un livre usé n'a-t-il pas fait un jouet !

« Et pourquoi traiter ainsi ce mouchoir et ce livre qui peuvent être utiles encore ? dit Marguerite.

« Les ongles eux-mêmes ne servent-ils pas à enlever la peau de l'ail ? »

Ce dicton populaire, elle l'avait souvent à la bouche. Les occasions ne manquaient pas à l'Oratoire de rappeler à la gent écolière qu'il ne faut rien perdre, mais qu'il faut, au contraire, tenir compte des plus petites choses, si l'on veut éviter la ruine.

Un fripon s'est introduit dans la cuisine ; il a dérobé une gousse d'ail, si appréciée des *gourmets* qui mangent du pain sec.

Un camarade, l'œil au guet l'attend.

Marguerite les surprend :

« Eh bien ! dit-elle, et la conscience ! son aiguillon ne mord donc pas ? Qui le sent, tant mieux ; qui ne le sent pas, tant pis ! »

Elle aimait à la redire souvent, cette parole, à ces écoliers qui n'ont qu'une réponse mauvaise sur les lèvres : « Je n'ai rien fait ! Je n'ai fait aucun mal », disaient-ils. « Et la *conscience* ? » répondait Marguerite.

Il serait trop long d'énumérer tous les traits.

qui émaillaient cette vie à la fois si simple et si occupée.

Si je pouvais peindre cette figure, on y verrait l'ingénuité, la finesse, la patience, le calme et la charité qui ravissaient tous les cœurs.

Un sujet d'études pourrait être intitulé :

« L'heure du repas dans ce temps-là. »

C'est le milieu du jour, midi vient de sonner ; grands et petits reviennent de la boutique du patron.

Les ateliers intérieurs, magnifiques aujourd'hui, n'existaient alors que dans la pensée de Don Bosco.

Debout, armée de la grande cuiller, Marguerite est sur la porte. La soupe fume dans un vaste chaudron. La distribution commence et se poursuit dans les récipients très variés qui se présentent à la file.

A la fenêtre voisine, le Père offre une belle pomme. On grimpe aux barreaux pour l'atteindre. Il en a d'autres en réserve. Le réfectoire, c'est la cour elle-même. On se réunit en petits groupes, puis on se disperse.

Qui s'assied sur une poutre, qui sur une pierre, celui-ci sur un pied de l'échelle, celui-là sur la terre nue. L'un boit à la fontaine l'eau fraîche et jaillissante, l'autre lave son écuelle et court au jeu.

La préparation du repas du soir n'est pas moins intéressante. Le fond du tableau, ce sont les murs de la cuisine.

Marguerite est assise et coud sans relâche dans un coin.

Sur une pauvre table, un enfant essaie d'écrire et fait des barres ; à ses côtés, un groupe d'élèves étudient ; dans l'ombre, un futur amateur racle du violon : à la lumière, un cercle de chanteurs s'exercent à déchiffrer des notes.

Don Bosco, près du foyer, surveille la marmite qui boue sur un feu clair. Il protège sa soutane contre les éclaboussures au moyen d'un grand tablier ; sous le bras, il tient une culotte qu'il taille ou qu'il raccommode ; il se retourne parfois pour rappeler à l'ordre les chanteurs qui détonnent, et bat la mesure avec une cuiller qui sert à remuer la polenta.

Jours heureux, jours bénis ! Tel était l'Oratoire dans ce temps-là.

CHAPITRE XXIV

Aimable et vertueuse pauvreté de Marguerite.

Je suis née pauvre, je veux mourir pauvre, avait dit un jour Marguerite Bosco. Elle demeura fidèle à sa résolution. Les yeux fixés sur Jésus qui a pratiqué si divinement la sainte pauvreté, elle en supporta joyeusement toutes les privations.

En venant à l'Oratoire, elle ne jugea point à propos de changer ses habitudes.

Malgré les visites qu'elle recevait de grands seigneurs et de nobles dames, bienfaiteurs et bienfaitrices de l'Œuvre, et admirateurs de son dévouement ; malgré les visites qu'elle devait leur faire dans l'intérêt de l'Oratoire, elle ne voulut point changer ses habits de paysanne contre des étoffes moins grossières.

« Les messieurs et les dames savent que je

suis pauvre ; ils m'excuseront facilement, déclarait-elle.

La propreté, d'ailleurs, était à ses yeux la sœur de la pauvreté ; elle en faisait une vertu, et ses vêtements, très simples, étaient toujours très propres.

Il arriva pourtant, avec les années, que la même robe, en dépit de tous les soins de la bonne mère et de tous les rapiéçages, finit par perdre sa couleur et son identité : elle faisait vraiment pitié.

Don Bosco prit une résolution :

« Maman, lui dit-il, par charité, prenez une autre robe, la vôtre a fait son temps et au-delà.

— Ma robe ne te va plus, mon fils, moi je la trouve fort bien.

— Maman, non ; vraiment, elle n'est plus convenable ; vous ne pouvez pas, dans cet état, recevoir les honorables personnes qui viennent à l'Oratoire. On ne ramasserait pas de pareilles robes dans la rue.

— Mais nous n'avons pas le sou !

— Nous nous priverons d'une ration de vin, d'une portion, et vous achèterez une robe.

— Eh bien, soit, je veux t'obéir.

— Et quel sera le prix ?

— Une vingtaine de francs.

— Les voici. »

Marguerite prit les vingt francs.

Une semaine, deux semaines, un mois s'écoulent et la toilette ne change pas.

Don Bosco l'interroge :

« Et la nouvelle robe, où est-elle ?

— Ah ! mon cher fils, il fallait du sel, de l'huile, que sais-je encore ! Un pauvre garçon n'avait pas de souliers ; un autre, pas de culotte ; et tu comprends !

— Oui, mère, je comprends, mais, de grâce, habillez-vous, il y va de mon honneur !

— Et le moyen ?

— Voici vingt francs, mais ne recommencez pas ! Le bon Dieu nous les envoie, prenez-les. »

Marguerite ne résista pas à la première tentation. Les vingt francs prirent le chemin habituel et la robe ancienne demeura toujours. Don Bosco dut se résigner.

Dans les dernières années de la vie de Marguerite, plusieurs jeunes abbés et plusieurs prêtres vinrent s'adjoindre à Don Bosco.

Le repas principal était jusque-là d'une simplicité antique. Don Bosco fit ajouter un plat.

Marguerite n'accepta pas pour elle cette amélioration ; la polenta froide, une gousse d'ail,

quelques radis et du sel, suffisaient à sa fru-
galité.

Et si quelque personne amie paraissait la
plaindre :

« Quoi ! disait-elle, mais les pauvres n'en ont
pas toujours autant ; je ne manque de rien, je
suis une vraie dame ! »

Des personnages considérables, des évêques
et des curés visitaient fréquemment l'Oratoire
et causaient familièrement avec dame Marguerite.

On offrait la prise, innocente distraction au
milieu des raccommodages.

Elle n'acceptait pas. Il y avait tant de choses
à faire entrer à l'Oratoire, avant d'y introduire
le tabac ! Un jour même, un illustre personnage
lui offrit sa tabatière :

« Merci, Monseigneur, dit-elle, je crains la
tentation. »

Son âge avancé ne fut point une raison suffisante, à ses yeux, pour se procurer les petits
soulagements nécessaires à la vieillesse. Et à sa
mort, on ne trouva rien qui ne dénotât le plus
parfait oubli d'elle-même.

Les bonnes dames venues pour l'ensevelir
avaient demandé à Don Bosco, comme une

faveur, de conserver sa pauvre garde-robe en souvenir.

La permission fut accordée, mais quelle déception ! Elle ne contenait rien ! Le peu qu'elle avait eu de linge et de vêtements avait passé au service de l'Oratoire.

L'unique vêtement de la servante de Dieu enveloppait sa dépouille mortelle.

Dans la poche de sa robe, on trouva douze francs que Don Bosco lui avait donnés quelques jours auparavant pour acheter une coiffe indispensable : elle n'avait pas eu le temps de les dépenser. « Je veux vivre et mourir pauvre, » avait-elle dit à son fils.

CHAPITRE XXV

Esprit de prière, simplicité, vertus sans nombre de la servante de Dieu

Connaître Marguerite, c'était l'aimer, et pour la connaître et l'aimer, un quart d'heure d'entretien suffisait.

Qu'elle eût à traiter avec un duc ou un ouvrier, un marquis ou un mendiant, sa manière d'agir était la même : pleine de franchise et de simple cordialité.

Les *messieurs* ne s'en offensaient pas, au contraire. Les nobles visiteurs, les grandes dames, bienfaiteurs et bienfaitrices insignes de la maison, ne venaient guère visiter Don Bosco sans dire un bonjour à Marguerite ; sa vertu, sa franchise et son bon sens les charmaient toujours.

Si Don Bosco était absent ou occupé, on tenait avec dame Marguerite un petit bout de conversation sans cérémonie.

L'antichambre n'existait pas alors, et les visiteurs, pour ne point rester à l'air froid et
humide, à la pluie ou au soleil, venaient frapper à sa porte.

« Entrez, disait joyeusement la maîtresse du
logis; entrez, messieurs, et que Dieu vous bénisse ! »

Et, débarrassant les chaises des bas et des
chemises qui les encombraient, elle invitait les
personnages à s'asseoir. Le savant et le riche ne
la troublaient nullement, et, quand elle avait
commencé une prière, elle demandait la permission de la finir.

« Continuez, continuez, » disaient en souriant
les hôtes, charmés de sa bonhomie.

Si l'entretien languissait, elle priait à voix
basse ; mais, le plus souvent, la conversation
était fort animée ; sa réplique était prompte,
assaisonnée de proverbes ou fleurie de jolis
mots. Philosophie, théologie, politique : tout lui
était connu.

Ses réponses ne sentaient ni la présomption
ni la légèreté ; le bon sens et le catéchisme
étaient ses meilleurs auxiliaires.

Le récit d'un fait, qu'elle avait entendu raconter, ou dont elle avait été elle-même le témoin,
lui fournissait l'argument ; et, quand la conver-

sation dépassait sa portée, elle riait de bon cœur de son ignorance.

Les visiteurs admiraient, en définitive, le calme, l'habilité, l'esprit de cette femme qui n'avait perdu de vue le clocher de son village que pour s'ensevelir à l'Oratoire, dans les humbles et multiples travaux du ménage.

Contrariée dans ses projets les mieux combinés par des influences hostiles à l'Œuvre de son fils, provoquée par des paroles insolentes, en butte à des plaisanteries équivoques ou mauvaises, elle ne perdit jamais sa tranquillité.

Les bienfaiteurs de la maison et les amis de son fils étaient pour son cœur l'objet d'une reconnaissance inaltérable.

Les paroles ne suffisaient point à exprimer la profondeur de ses sentiments. Pour les témoigner à autrui, elle n'avait à sa disposition que les petits moyens, mais comme elle les employait avec amabilité, avec bonheur !

Un oiseau rare, un beau lièvre, envoyés par Joseph, arrivaient-ils à l'Oratoire ? ils n'y faisaient pas long séjour.

Sous prétexte de froid, de chaud, de pluie ou de beau temps, le visiteur devait accepter la tasse de café. *Mais* on l'avait prise !... *mais* elle

14

était inutile !... Il n'y avait pas de *mais*, il fallait se résigner pour lui faire plaisir.

Un prêtre venait au milieu du jour. Il ne
pouvait refuser l'invitation à dîner, du moins
pour être agréable à son fils ; et l'on dînait
comme dînent les anachorètes. Il n'y avait pas
toujours le nécessaire : « si l'on avait su ! si
l'on avait pu prévoir ! » mais qu'importe, les
cœurs étaient contents.

Quand les petits moyens d'exprimer sa reconnaissance faisaient défaut, le grand moyen était
mis en œuvre : Marguerite portait son cœur
devant Dieu.

« Je prie le Seigneur, disait-elle aux amis de
l'Oratoire, je le prie instamment de vous bénir
et d'acquitter notre dette avec toute sa générosité divine. »

Elle priait en effet beaucoup, elle priait sans
cesse. Chaque jour elle entendait la sainte Messe,
elle y faisait ordinairement la communion et
visitait fréquemment Notre-Seigneur au Sacrement d'amour.

Sa prière était, pour ainsi dire, ininterrompue.
Quand il fallait donner un ordre, un conseil,
adresser une demande, aussitôt l'ordre et le conseil donnés, et la demande satisfaite, elle continuait son *Pater* ou son *Ave*.

De la fenêtre, elle invitait un enfant à lui rendre un service, à relever, par exemple, un drap que le vent avait jeté à terre ; cela fait, elle reprenait sa prière ou son cantique de prédilection : *Ange de Dieu, notre cher guide.*

Elle savait, d'ailleurs, quand il en était besoin, sacrifier à la charité son goût pour la prière. Tout entière à celui qui lui parlait, elle écoutait patiemment les détails les plus inutiles, donnait une réponse aussi satisfaisante que possible, et recommençait alors ses dévotions.

S'il y avait du monde, elle priait à voix basse, mais, aussitôt qu'elle était seule, elle s'en donnait à cœur-joie.

De sa chambre, Don Bosco, l'entendant parler avec tant de chaleur, lui disait parfois :

« Eh ! maman, avec qui causez-vous ?

— Tu le sais bien, c'est avec Dieu : je le prie pour nos enfants. »

Et quand ses occupations lui permettaient de s'échapper une minute, elle courait aux pieds du Saint-Sacrement.

Comment exprimer sa dévotion à Marie et ses pieux transports en récitant le chapelet ?

Chaque année, Don Bosco s'en allait, avec une troupe d'enfants choisis, célébrer, à Castelnuovo, la fête du Saint-Rosaire.

Marguerite, un panier au bras, les accompagnait. A travers les rues de Turin, elle discourait avec son fils sur les moyens d'héberger la bande joyeuse ; mais, aussitôt qu'on avait gagné le chemin solitaire, elle commençait le rosaire à haute voix, et tous y répondaient en chœur.

Cette piété de Marguerite, qui pourrait à plusieurs paraître inopportune et excessive, provenait d'une union familière avec Dieu.

L'expression de son visage, la candeur de son regard et un naturel parfait le démontraient suffisamment. C'était une consolation inexprimable pour la pieuse femme de voir un enfant prier avec ferveur.

« Tu as de belles âmes à l'Oratoire, disait-elle un jour à Don Bosco, mais il n'en est pas de plus agréable à Dieu que celle de Savio Domenico.

— Et comment le savez-vous, mère ?

— Je l'ai vu prier, cela suffit. Pour la prière, il oublie l'heure des repas et la récréation ; devant le Saint-Sacrement il est comme en extase ; c'est un ange du paradis ! »

Elle n'espérait, en définitive, que de la prière la conversion des natures difficiles et indomptées.

Tel enfant sauvage, ramassé dans la rue, ne

voulait se plier ni à la règle ni au travail. Elle
essayait de l'aborder, et, s'il fuyait, elle l'appelait
par son nom :

« Eh bien ! tu ne veux donc pas gagner ton
pain, tu préfères manger celui des autres ; mais,
si tu continues, plus tard il ne te restera, pour
vivre, que le métier de voleur ; le bel avenir. »

Si l'enfant paraissait insensible, elle insistait :

« Vois-tu le *rondô*, ajoutait-elle en lui montrant la place des exécutions, eh bien ! la prison, les galères, ou bien la potence, voilà ta
destinée, si tu ne changes pas, malheureux
enfant ! »

Après avoir porté le coup, Marguerite prenait
un ton plus caressant et plus maternel :

« Ecoute, n'attends pas, c'est aujourd'hui qu'il
faut te convertir. Mais il faut prier, nous prierons ensemble et tu verras combien le Seigneur
te rendra le travail facile et doux. »

L'enfant pleurait, et, à partir de ce jour, il
devenait plus obéissant, plus laborieux : la cause
était gagnée.

Don Bosco faisait, en 1851, l'acquisition de
la maison Pinardi. Le nombre des enfants recueillis croissait de jour en jour. Le pauvre
abri du bon Dieu n'avait été jusque-là qu'un

misérable hangar ; il fallait de toute nécessité bâtir une maison plus décente.

Un soir, Don Bosco se retourne tout à coup vers sa mère, et, sans autre préambule :

« Je veux, dit-il, bâtir une église en l'honneur de Saint François de Sales.

— Et l'argent ? De notre petit avoir il ne reste rien, tu le sais. Avant de construire une église, tu feras bien d'y regarder à deux fois et de mettre le Seigneur d'accord avec toi.

— Sans doute, mère, sans doute ; mais vous, si vous aviez de l'argent, m'en donneriez-vous ?

— Avec quel bonheur, mon Dieu !

— Eh bien ! reprit Don Bosco, Dieu n'est-il pas meilleur et plus généreux que nous ? De l'argent, il en a pour tout le monde ; il s'agit d'une œuvre entreprise pour sa gloire, il m'en enverra, j'espère, en temps opportun.

— Eh bien ! nous prierons, conclut Marguerite, et nous ferons prier les enfants, et Dieu te viendra en aide. »

Grâce à ces prières, on posait, le 21 juillet de cette même année 1851, la première pierre de la nouvelle église, et, le 20 juin 1852, elle était achevée et ouverte au culte. Dieu avait exaucé la prière et la foi.

CHAPITRE XXVI

Le fils aîné de Marguerite,

Pour faire parfaitement connaître Marguerite, nous devons consacrer une page de ce livre à la mémoire de Joseph, frère aîné de Don Bosco.

Joseph aimait beaucoup sa mère et son frère, et, malgré ses occupations sérieuses et multiples, il trouvait du temps pour venir à l'Oratoire.

Son arrivée y causait toujours une grande joie. On aimait en lui le vaillant chrétien, le père de famille affectueux et vigilant, le cœur généreux au delà de toute expression.

Afin de constituer à Jean un patrimoine ecclésiastique, Joseph avait, dès l'origine, aliéné en faveur de son frère sa part de l'héritage paternel, et ni les charges, ni les soucis d'une famille nombreuse ne l'empêchaient de regarder comme ses enfants tous les enfants de l'Oratoire.

Indépendamment de la dîme qu'il prélevait chaque année sur ses récoltes, il s'en allait chez les parents et les amis plaider la cause de son frère; il réussissait toujours et finissait par conduire à Turin quelques charrettes de noix, de raisins, de grains, et de pommes de terre.

Quand il plaisait à Don Bosco de mener aux Becchi une troupe de trente, cinquante, ou même cent enfants pour les récompenser de leur bonne conduite, c'était une fête pour Joseph : il se faisait l'heureux pourvoyeur de ce petit monde d'affamés.

Ses manières simples et cordiales lui gagnaient immédiatement, et pour la vie, le cœur des enfants.

Il va sans dire que ses libéralités étaient absolument désintéressées : il n'accepta jamais l'idée même d'une compensation.

Un jour, il arrive à Turin avec le dessein bien arrêté d'acheter, à la foire de Moncalieri, deux veaux dont il a besoin.

Il prend le chemin de l'Oratoire pour saluer son frère, et le frère, comme d'habitude et peut-être un peu plus que de coutume, était pressé vivement par les... créanciers.

« Tiens, dit Joseph en tirant de sa poche trois cents francs, j'allais les dépenser à Moncalieri, tu en as plus besoin que moi, les voici.

— Mais toi ! s'écrie Don Bosco qui sentait les larmes lui monter aux yeux.

— Moi, j'attendrai.

— Je les accepte, ajoute Don Bosco, mais à conditions de te les rendre le plus tôt possible.

— Eh ! mon pauvre ami, quand viendra-t-il, ce *possible?* Non, non, je m'ingénierai et je trouverai, j'espère ; ils sont à toi, n'en parlons plus. »

Par ses vertus, par son bon sens, par sa générosité sans pareille, Joseph avait conquis l'estime de tous les gens du pays.

Les affaires les plus embrouillées lui étaient soumises et son jugement faisait loi. Le malheureux débiteur serré de trop près avait recours à sa bourse, et Joseph payait ou répondait pour lui.

Eh bien, cet homme, ce travailleur des champs ne vivait pas des choses de la terre ! Ce front courbé sur le sillon pour y verser, avec la rosée du ciel, la rosée du sang qui féconde, ce front se relevait vers le ciel, ce cœur aspirait aux richesses du ciel : c'était le résultat de l'éducation maternelle.

Marguerite avait jeté la semence dans cette âme, la semence bénie produisait ses fruits.

Par une grâce insigne du Seigneur, Joseph

prévit sa mort, et voici comment la chose arriva.

Peu de temps après son dernier voyage à l'Oratoire, il entre à l'improviste chez son frère.

« Et pourquoi cette visite inattendue ? s'écrie Don Bosco.

— Je viens régler un compte à Turin, et, je ne sais pourquoi, je me sens un vif désir de payer toutes mes dettes et de mettre ordre, au plus vite, aux choses de ma conscience. »

Don Bosco tenta de le retenir, mais il repartit aussitôt pour les Becchi.

Peu de jours s'écoulent et le voilà de nouveau à l'Oratoire.

« Comment ! c'est toi, lui dit son frère, il y a donc du nouveau à la maison ?

— Non, je viens te demander un conseil : j'ai un doute. Je me suis fait garant d'un tel ; si je vis, c'est bien, je payerai ; mais si je meurs ?

— Si tu meurs, tout est fini, paye qui reste, répond Don Bosco en souriant.

— Mais je ne voudrais pas causer un tort au créancier qui s'est fié à ma promesse.

— Sois tranquille sur ce point, je me constitue responsable, au besoin.

— Merci, merci, dit Joseph, je suis content. »

De retour à la maison, en parfaite santé, il

met ordre à ses affaires comme s'il avait eu
révélation de sa mort prochaine.

En effet, il est saisi subitement par une maladie impitoyable et tout espoir s'évanouit.

Aussitôt Don Bosco accourt aux Becchi et lui
prodigue les soins les plus tendres, mais inu-
tilement.

Au mois de janvier 1863, quelques années
après la mort de sa mère, Joseph Bosco passait
paisiblement et saintement des bras de son frère
bien-aimé dans les bras de Dieu.

CHAPITRE XXVII

**Dévouement de Marguerite. — Le chien gris.
Episodes tragiques.**

Don Bosco avait bâti la maison du Seigneur, il en fallait une à ses fils. Dénué de ressources matérielles, mais plein de foi en la divine Providence, il commença les constructions de l'orphelinat dans le voisinage de la nouvelle église en 1852.

L'édifice, outre le rez-de-chaussée, devait avoir deux étages et des souterrains.

Il touchait à sa fin, les poutres étaient en place quand une pluie torrentielle interrompt soudain les travaux, et, dans la nuit du 2 au 3 décembre, les murs se désagrégent et s'écroulent...

Au bruit du premier pan de mur qui tombe, Marguerite est debout; elle court aussitôt réveiller Don Bosco et les enfants dormant d'un profond sommeil dans la maison contiguë qui se trouvait menacée.

Au cri d'alarme, on saute hors du lit, on s'enveloppe dans une couverture et l'on fuit à travers la cour, dans la boue ; dans les ténèbres, on se heurte à la haie voisine, et on se jette dans l'église.

Les autres pans de mur s'effondrent tour à tour au milieu des cris d'épouvante.

Marguerite se multiplie avec un courage admirable ; elle éloigne les enfants du péril, elle veille à tout, s'oubliant elle-même pour le salut des autres, et elle ne quitte ces ruines qu'après avoir assuré la sécurité générale.

Don Bosco se montra, comme elle, uniquement soucieux de la vie de ses élèves ; il fallut, pour l'obliger à songer à la sienne, toute l'autorité de sa mère.

Ce ne fut pas la seule fois que Marguerite protégea la vie de son fils.

En 1853, un forcené voulut tuer Don Bosco. Pour arriver à sa chambre, il s'efforçait de briser un grillage qui l'en séparait ; il n'y avait là que des enfants et l'on ne savait à quoi se résoudre.

Marguerite fait aviser en hâte la police ; elle députe coup sur coup quelques jeunes gens de l'Oratoire, et finalement les gendarmes arrivent et s'emparent de l'assassin.

Elle veillait aussi, par bonheur, et dans l'intérêt des âmes, à la santé de son fils, qui ne savait guère se ménager.

Si Don Bosco revenait, un jour de jeûne, exténué par ses courses et ses prédications apostoliques :

« La prédication dispense du jeûne, disait-elle ; pour travailler, il faut des forces. »

En conséquence, elle faisait une brèche, d'ailleurs bien légère et fort autorisée, à la rigueur la loi, et Don Bosco devait obéir.

Il est difficile de peindre sa sollicitude, ses alarmes et ses angoisses, pendant la longue et furieuse persécution des protestants. Que de prières elle dut adresser au ciel pour la conservation des jours que Don Bosco employait si bien au service du Seigneur, et qu'il vit alors si souvent menacés !

La maison de l'Oratoire était fort isolée, sans mur d'enceinte et livrée à tout venant ; Marguerite fit poser une grille à l'entrée de l'escalier qui conduisait à la chambre de son fils.

A l'insu de Don Bosco, elle installait de temps à autre un jeune homme vigoureux comme veilleur de nuit. Quand le danger lui paraissait plus imminent, elle trouvait un prétexte pour faire venir son fils aîné, Joseph.

Si Don Bosco, retenu par ses malades ou d'autres offices de charité, tardait à rentrer, le soir surtout, elle envoyait à sa rencontre les jeunes gens les plus forts et les plus dévoués.

Elle semblait avoir l'instinct des dangers qui l'environnaient.

Un soir, à une heure déjà fort avancée, Don Bosco résolut de sortir afin de réparer un oubli. Marguerite essaye de la dissuader. Don Bosco la rassure, appelle quelques jeunes gens, et prend son chapeau. Mais, au moment d'ouvrir la grille, il trouve le chien gris (*il grigio*) couché en travers de l'escalier.

« Ah ! te voilà, mon bon chien, s'écrie Don Bosco ! tant mieux, nous aurons un compagnon de plus. Allons, lève-toi, et marchons. »

Le chien fait entendre un gémissement sourd et demeure à son poste.

Deux fois Don Bosco le force à se relever, et deux fois le chien s'obstine à lui barrer le passage. Un des jeunes gens pousse assez fortement du pied le brave animal qui répond par un aboiement lamentable.

Marguerite observait. Au fond du cœur, elle encourageait le chien.

« Tu ne veux pas me croire, dit-elle à Don Bosco, crois donc au moins le fidèle Grigio. Tu vois bien qu'il est plus raisonnable que toi : ne sors pas. »

Pour ne pas attrister sa mère, Don Bosco consentit à rentrer enfin dans sa chambre.

Un quart d'heure ne s'était pas écoulé qu'un voisin, un ami, accourait à l'Oratoire et recommandait à Don Bosco de se tenir sur ses gardes.

Il avait vu quatre individus rôder aux environs ; il avait saisi quelques paroles et compris, à n'en pouvoir douter, qu'ils avaient l'intention bien arrêtée, cette fois, d'en finir avec lui.

Ce chien gris, (appelé ainsi parce qu'il était de couleur grise) inspirait tant de confiance à Marguerite et faisait preuve, en toute occasion, d'un dévouement si absolu à son fils, qu'il mérite un souvenir particulier dans cet ouvrage. Nous rapporterons ici ses plus mémorables prouesses.

Don Bosco revenait quelquefois de Turin à une heure très avancée, soit parce qu'il avait été retenu auprès d'un malade, soit parce qu'il s'était attardé au sein d'une famille séduite par les hérétiques et qu'il voulait éclairer. Alors, sans songer à sa sûreté personnelle, il se mettait en route pour rentrer à l'Oratoire, même par les nuits les plus sombres. Le terrain qu'il avait à traverser, aujourd'hui couvert de fabriques et éclairé au gaz, était alors inégal, coupé par des fondrières et bordé çà et là de haies épaisses, où les malfaiteurs pouvait aisément se cacher.

Or, un soir qu'il se dirigeait tout seul vers son logis, non sans une vague appréhension de faire une mauvaise rencontre, il vit un gros chien venir au-devant de lui. Au premier abord, il éprouva un sentiment de crainte ou de méfiance ; mais, ayant observé que la pauvre bête remuait la queue et ne voulait que le caresser, il la laissa approcher et lui rendit sa caresse. C'était le chien gris. Le fidèle animal l'accompagna jusqu'à la porte de l'Oratoire, sans vouloir y entrer. Depuis lors, chaque fois que Don Bosco s'attardait et ne rentrait pas de jour, il voyait surgir auprès de lui, d'un côté ou de l'autre de la route, son fidèle compagnon. Souvent maman Marguerite, inquiète du retour de son fils, envoyait à sa rencontre un des jeunes gens de l'Oratoire. « J'y suis allé moi-même, nous disait Joseph Buzzetti, et je me souviens de l'avoir vu plusieurs fois côte à côte avec son gardien à quatre pattes. »

Dans une soirée d'hiver très brumeuse et très obscure, Don Bosco, pour abréger son chemin, descendait tout droit de la Consolata à l'Institut

Cottolengo. A un certain point de la route, il vit
que deux hommes le précédaient à peu de distance et qu'ils réglaient leur pas sur le sien.
Il comprit qu'ils étaient animés de mauvaises
intentions ; aussi se dirigea-t-il vers une maison habitée pour y chercher un refuge. Il n'en
eut pas le temps ; l'un des deux hommes lui jeta
brusquement un manteau sur le visage. Don
Bosco voulut crier au secours ; on le bâillonna
avec un mouchoir. Il se croyait perdu, quand
tout à coup on entendit un hurlement terrible,
moins semblable à l'aboiement d'un chien qu'au
grognement d'un ours en furie. C'était le chien
gris. Il s'élance sur un de ces brigands et le
tient en respect ; puis il se jette sur l'autre
qu'il mord à belles dents et qu'il renverse. Alors,
immobile, il continue de gronder sourdement.

Les deux misérables, épouvantés à leur tour,
demandent grâce et crient avec l'accent du
désespoir : « Mais rappelez donc votre chien,
rappelez-le au plus vite ! — Je le rappellerai,
répond Don Bosco, qui s'était débarrassé de son
bâillon, à condition que vous passiez votre chemin et que vous me laissiez suivre le mien. —
Oui, nous nous en allons, mais retenez le chien. »

Alors Don Bosco rappela l'animal, qui resta

à ses côtés, tandis que les deux brigands déta-
laient au plus vite.

Un autre soir, comme il retournait chez lui
par le cours Saint-Maxime, un assassin passa
derrière lui et lui tire à brûle-pourpoint deux
coups de pistolet. Ces coups n'ayant pas porté,
le sicaire voulut se jeter sur Don Bosco pour
l'assommer ; mais à l'instant même survint le
gris camarade qui assaillit l'assassin par derrière et le mit en fuite.

Dans une dernière circonstance, le chien gris
défendit Don Bosco contre une attaque plus
redoutable encore, celle d'une véritable bande
de malfaiteurs. Il faisait nuit noire, Don Bosco
traversait la place de Milan, aujourd'hui place
Emmanuel-Philibert ; tout à coup, il s'aperçut
qu'il était suivi par un homme portant un énorme
gourdin : il doubla le pas dans l'espoir de gagner
l'Oratoire avant d'être rejoint. Il était déjà par-
venu au commencement de la descente, quand
il aperçut dans le bas, un peu plus loin, plusieurs autres figures sinistres. Son parti fut bientôt pris : il attendit l'homme qui le poursuivait,
et, quand il fut à sa portée, il lui donna avec
tant de dextérité et d'adresse un coup de coude
dans la poitrine, que ce malheureux tomba
comme mort en poussant un cri d'angoisse. Mais

alors ses camarades accoururent autour de Don
Bosco en le menaçant de leurs bâtons. Heureusement, à l'instant même surgit le fidèle *Grigio*,
qui se mit à côté de son protégé en aboyant, en
hurlant, en s'agitant avec une telle furie, que
ces misérables, craignant d'être mis en pièces,
prièrent Don Bosco de l'apaiser et disparurent
dans les ténèbres, l'un après l'autre. Don Bosco
fut escorté par son gardien jusqu'à la porte de
l'Oratoire.

Si Marguerite déployait la sollicitude la plus
tendre et la plus active pour que Don Bosco
n'exposât point sa vie, elle comprenait, toutefois,
admirablement qu'il était beau de sacrifier cette
vie pour l'amour du prochain et pour la gloire
de Dieu.

Au mois d'août 1854, le choléra éclate à
Turin. La mère et le fils estiment que c'est le
devoir du prêtre d'affronter le fléau.

La région du Valdocco et spécialement les
maisons voisines de l'Oratoire étaient les plus
éprouvées.

Nommé Directeur spirituel du lazaret établi
dans ces parages, Don Bosco, suivi de quarante
jeunes gens, se consacre sans relâche aux soins
de l'âme et du corps des pauvres cholériques;

son zèle franchit les murs du lazaret, s'étend et rayonne au loin.

Les cholériques manquent de tout et l'Oratoire n'est pas riche ; mais le fils et la mère trouvent des ressources en se dépouillant du nécessaire.

A la vue de l'affreux dénuement des malades, les jeunes gens accourent à Marguerite, et couvertures, draps de lit, chemises, serviettes, tout disparaît.

En peu de jours, il ne resta à l'Oratoire que les vêtements indispensables que chacun portait sur le dos, et à peine le drap et la misérable couverture nécessaire pour la nuit.

Un de ces jeunes gens employés au service des cholériques accourt, il raconte à la charitable femme qu'un malheureux, saisi du terrible mal, s'agite sur un grabat, sans un lambeau pour se couvrir.

Marguerite n'a plus rien ; elle cherche cependant et découvre une nappe de table égarée dans un coin.

« Tiens, dit-elle, voici l'unique morceau de linge qui nous reste ! »

Et les demandes affluaient toujours. Elle avait donné ses coiffes, son mouchoir de cou, elle s'était réduite au plus strict nécessaire, et voici qu'on implore de nouveau sa charité !

Saisie d'une douleur profonde, elle se voit obligée de refuser, mais tout à coup elle se ravise, et prend un amict, une aube, une nappe d'autel ; elle court chez Don Bosco et le consulte.

La réponse est bientôt donnée. La mère allait au-devant des désirs de son fils.

Nous n'avons pas tout dit, mais nous en avons dit assez, peut-être, pour faire comprendre la générosité, la délicatesse de la mère de Don Bosco.

Ces belles qualités du cœur ne diminuaient pas en elle une raison droite et une fermeté de jugement très nécessaires à l'Oratoire.

Dans les premières années, les absences de Don Bosco étaient continuelles : visites des prisons, des hôpitaux, des hospices, missions, triduums, neuvaines, toutes ces œuvres l'appelaient fréquemment au dehors.

Il y avait là une cause réelle de désordres dans l'Oratoire ; la fermeté et la volonté de Marguerite suppléaient à tout. Son fin bon sens résolvait admirablement les difficultés, remédiait aux abus, et la paix régnait dans la maison.

Recevoir les visites, traiter avec les autorités, expédier les affaires courantes, acheter, vendre,

rien ne la troublait ; aucun détail n'échappait à
son œil investigateur.

Quand Don Bosco rentrait à la maison, le soir,
et qu'elle le voyait préoccupé, moins souriant
qu'à l'ordinaire, elle remettait à plus tard le
compte rendu de la semaine ou du jour. Parais-
sait-il, au contraire, libre, joyeux, elle lui soumettait sa gestion avec précision, brièveté et
sans commentaires ; puis elle se retirait immédiatement et s'en allait à ses occupations habi-
tuelles.

CHAPITRE XXVIII

Mort de Marguerite. — Conclusion.

Les nouveaux bâtiments sortis des ruines étaient terminés. Des centaines d'enfants attendaient un asile avec impatience, mais les chambres étaient humides et l'hiver approchait.

Le cœur du *Père* saignait à la pensée de laisser, tout un hiver, exposés à la misère et au froid tous ces abandonnés. Il fallut allumer de grands feux pour sécher les murailles ; la maison s'ouvre, et cent cinquante enfants s'y précipitent et la remplissent aussitôt.

Ce fut une joie universelle : la joie de Don Bosco, qui se félicitait de voir augmenter sa famille, d'arracher au vice et de rendre à la vertu les pauvres délaissés ; la joie des anciens, des premiers-nés, heureux de voir grossir leurs rangs ; la joie surtout des enfants qui trouvaient un abri, du pain, la vie du corps et de l'âme.

Les parents ou les peronnes qui en tenaient la place n'étaient pas moins charmés de voir les enfants accueillis avec amour, formés aux bonnes mœurs, au travail, à la prière ; les bienfaiteurs et les bienfaitrices touchaient du doigt les fruits de leur charité.

L'œuvre de Marguerite était accomplie, l'heure de la récompense avait sonné : Dieu rappela à lui sa fidèle servante. Ce fut pour tous une douleur immense.

Les annales de l'œuvre ont ainsi raconté cet irréparable malheur.

« Le 25 novembre 1856 nous avons perdu Marguerite Bosco, celle qui nous tenait lieu de mère et nous faisait oublier, par ses attentions et sa bonté, la perte ou l'éloignement de nos mères.

« Une violente fluxion de poitrine s'était déclarée. Des prières ardentes s'élevèrent aussitôt vers le ciel, nous voulions espérer toujours.

« L'estime et l'amour dont la bonne *maman* était l'objet se manifestèrent dans toute leur sincérité.

« A chaque instant on courait à la chambre de la malade et l'on demandait des nouvelles avec anxiété.

« A la prière du soir, nous attendions avec impatience une parole de notre Directeur ou de

Don Bosco lui-même. Et quelles supplications nous adressions au Seigneur !

« Quand nous apprîmes qu'elle avait reçu les derniers sacrements, et que tout espoir était perdu, la douleur fut profonde, et quand, enfin, nous reçûmes la nouvelle ! « *La mère de Don Bosco, votre mère, est morte !* » la consternation fut universelle, les pleurs coulaient de tous les yeux.

« Depuis la fondation de l'Oratoire, un spectacle aussi émouvant ne s'était pas vu. Son fils Joseph, accouru près d'elle, son fils Jean Bosco, leur tante Marie-Anne Occhiena, Madame Jeanne-Marie Rua, et quelques autres amis, eurent la douleur et la consolation de recevoir son dernier soupir. »

Ce récit ne suffit pas à notre histoire. Il est des circonstances qui rendent cette mort trop précieuse, à vos yeux, pour être omises.

Aussitôt que Marguerite a compris la gravité du mal, elle appelle son fils Jean Bosco, et lui fait ses dernières recommandations, en leur donnant une importance particulière.

« Mets ta confiance, lui dit-elle, dans les hommes qui travaillent avec toi pour la gloire de Dieu et non dans ceux-là qui se cherchent eux-mêmes, et sache bien les discerner.

« J'avais en main bien des intérêts, le changement pourrait avoir de fâcheuses conséquences ; mais ne crains rien : la Madone est là.

« N'ambitionne pas les œuvres éclatantes, mais uniquement la gloire de Dieu, et que la sainte pauvreté te soit toujours chère dans la pratique.

« L'exemple de la vertu que l'on prêche aux autres, voilà l'enseignement efficace. Oui, que ta famille garde bien l'esprit et l'amour de la pauvreté, et Dieu la bénira ! »

Puis, elle entra dans certains détails confidentiels, étonnant Don Bosco par la perspicacité de ses jugements.

Elle se recommanda aux prières des clercs et des enfants, et assura Don Bosco qu'aussitôt admise dans la paix du Seigneur elle prierait incessamment pour l'Oratoire.

Un instant, elle parut comme en délire, elle fixa Don Bosco et laissa tomber de ses lèvres ces paroles étranges :

« Tu ne sais pas et tu ne vois pas encore, mais tu sauras et tu verras dans la lumière. »

Elle voulut aussi donner à son fils Joseph ses derniers conseils :

« Mon Joseph, lui dit-elle, je t'ai beaucoup aimé et ta famille m'a montré beaucoup d'affection. Je ne t'oublierai pas : écoute-moi :

« Elève tes enfants dans la condition que Dieu
t'a faite, à moins qu'ils n'aspirent à l'état religieux ou à l'état ecclésiastique.

« Tes enfants seront paysans, mais ils gagne-
ront honnêtement leur vie ; si l'ambition venait
à s'emparer de vous, vous auriez bientôt dissipé
le prix de vos travaux et de vos sueurs. Je ne
puis vous en dire davantage, mais, je t'en prie,
que ce désir soit la règle de l'avenir. Continue
le bien que tu fais à l'Oratoire, et la Vierge
sainte te comblera de ses bénédictions. »

Quand l'heure d'administrer les derniers sacrements fut venue, elle dit à Jean : « Je t'ai
préparé autrefois à recevoir les sacrements de
la sainte Eglise, c'est à toi de m'y préparer aujourd'hui. Je veux réciter avec toi les prières
des mourants. Je ne sais pas si ma bouche
pourra prononcer les paroles, mais dis-les bien
clairement, afin que je puisse les répéter dans
mon cœur avec toi. »

Le dernier soir, en proie à la plus vive douleur, Don Bosco avait prolongé sa veille près
de la malade jusqu'à une heure fort avancée de
la nuit. Joseph, lui aussi, était là et semblait
animé d'un plus grand courage. La mourante se
tourne vers Jean et lui dit :

« Je t'ai bien aimé dans cette vie, mais je t'aimerai mieux encore dans l'autre.

« Dis à nos chers enfants que je les aime toujours et que j'ai pleine confiance dans leurs prières ; ils feront au moins une fois la sainte communion, n'est-ce pas, pour délivrer mon âme ? »

Et le fils et la mère étaient si émus qu'elle ne put continuer.

Après un instant de repos, elle ajouta :

« Souviens-toi, mon cher fils, que cette vie consiste à souffrir ; les vraies joies sont là-haut, et maintenant, laisse-moi, je t'en supplie, et prie pour ta mère. A Dieu... »

Don Bosco hésitait et ne s'éloignait pas. La malade le regarde au visage et lève les yeux au ciel. C'était lui dire en un muet langage : « Tu souffres et tu me fais souffrir. Au revoir dans la bienheureuse éternité ! »

Don Bosco se retire, mais il ne peut résister au désir de revoir sa mère. Il rentre ; il était minuit. Marguerite s'aperçoit de sa présence, et, de la main, elle lui fait signe de s'éloigner. Jean demeurait immobile.

« Mon cher fils, tu ne peux résister à ta grande douleur...

— Est-ce qu'un fils peut, à pareille heure,

abandonner sa mère ! » murmure Don Bosco
d'une voix entrecoupée par des sanglots.

Marguerite garde le silence, puis elle articule
encore ses paroles :

« Jean, mon fils, un sacrifice : c'est le dernier ;
je souffre de te voir souffrir. Je suis bien assis-
tée. Va, prie pour moi. Je ne veux rien de plus.
A Dieu... »

Don Bosco dut obéir à cette volonté formelle
et suprême. A trois heures, il entendit le pas de
Joseph qui vint lui dire :

« Notre mère est morte ! »

Et, sans proférer une seule parole, ils se re-
gardèrent et pleurèrent en silence.

Les témoins de leur douleur si profonde et
si chrétienne ne l'ont pas oubliée.

Dans la matinée, accompagné de Joseph
Buzzetti, élève de l'Oratoire, Don Bosco s'en alla
célébrer la sainte Messe dans la Chapelle sou-
terraine de Notre-Dame de Consolation (*la Consolata*).

Après avoir offert le divin Sacrifice pour sa
mère, il demeura longtemps en prière devant
l'image de *Marie Auxiliatrice*. « O très pieuse
Vierge Marie, lui disait-il, nous voilà, mes fils
et moi, sans mère ici-bas ; soyez donc, soyez
encore plus *notre mère !* »

L'enterrement fut modeste, mais le cœur y présidait.

Une messe solennelle fut célébrée dans la chapelle de l'Oratoire ; tous les enfants et les jeunes gens communièrent pour celle qu'ils appelaient à juste tire leur *bienfaitrice* et leur *mère*.

Ils accompagnèrent tous à la paroisse la précieuse dépouille.

Le pieux cortège s'avançait dans un ordre si parfait, dans un recueillement si vrai, que les nombreux amis et spectateurs furent profondément édifiés, et la très illustre dame Marguerite Gastaldi, mère de l'archevêque de Turin, insigne bienfaitrice de l'Oratoire, aimait à redire qu'elle n'avait jamais assisté à des funérailles aussi touchantes.

On se rappelait, en accompagnant la dépouille mortelle de cette vénérable femme, les paroles de nos Livres saints :

« Vous avez surpassé toutes vos compagnes ; vous avez été l'élue du Très-Haut ! La beauté extérieure est vaine et passagère ; bien plus digne de louanges est la femme qui craint le Seigneur ! Donnez-lui, ô mon Dieu, la récompense de ses mérites et que ses œuvres lui servent de recommandation à votre céleste Tribunal ! »

La mémoire de Marguerite Bosco, la mère des

enfants pauvres et abandonnés, est désormais impérissable. Non seulement l'Oratoire de Don Bosco, mais les collèges, les asiles, les hospices, les missions, toutes les œuvres présentes et futures de la Société Salésienne garderont, de la mère, de la fondatrice, un éternel souvenir.

Là où sera béni le nom de Don Bosco, là sera béni le nom de sa mère.

Désormais l'histoire de l'œuvre merveilleuse de la Providence divine et de Marie Auxiliatrice, l'histoire du fils, ne peut être séparée de l'histoire de la mère.

Leur abnégation et leur charité sont également inséparables, et le plus bel éloge que nous puissions faire de Marguerite Bosco, c'est que le fils nous étonne moins quand nous connaissons la mère.

La conclusion de ce petit livre, la voici : Gloire à Dieu !

C'est lui qui regarde les humbles et se sert des plus faibles instruments pour accomplir les plus grandes choses.

C'est lui qui a créé le grain de sénevé, qui a fait croître et jeter ces larges branches à l'ombre desquelles s'abritent aujourd'hui des enfants sans nombre. Il n'abandonnera pas son œuvre.

16

APPENDICE

Adieux de Don Bosco aux Coopérateurs Salésiens sous forme de testament.

Nous croyons être agréable à nos lecteurs en leur mettant sous les yeux ce document si édifiant et si mémorable qui peut, mieux que tous les comptes rendus, donner une idée de l'importance de l'œuvre à l'établissement de laquelle la vaillante Mère du grand éducateur de la jeunesse a contribué pour une part considérable.

Mes généreux bienfaiteurs, je sens que le terme de ma vie approche, et qu'il n'est pas loin le jour où je devrai payer le commun tribut à la mort et descendre dans la tombe.

Avant de vous laisser pour toujours sur cette terre, il faut que je m'acquitte envers vous d'une dette, pour répondre à un vrai besoin de mon cœur.

La dette que j'ai contractée vis-à-vis de vous est celle de la reconnaissance. En effet, vous m'avez aidé puissamment à donner à une foule de pauvres enfants une éducation chrétienne et à les mettre par là même sur le chemin de la vertu et du travail ; ils ont pu ainsi devenir la consolation de leurs familles, se rendre utiles à eux-mêmes et à la société, et surtout, en sauvant leur âme, acquérir l'éternité bienheureuse. Sans vous, rien de tout cela ne m'eût été possible.

Votre charité, bénie par la grâce de Dieu, a séché bien des pleurs et sauvé bien des âmes ; elle a ouvert de nombreux asiles où des milliers d'orphelins ont trouvé un abri. Tirés de l'abandon, arrachés au danger de perdre la foi et les mœurs, ces pauvres enfants sont devenus, grâce à des soins continus, à l'étude ou l'apprentissage d'un métier, de bons chrétiens et d'honnêtes citoyens.

Votre charité a établi des Missions jusqu'aux extrêmes confins du monde, au fond de la Patagonie et de la Terre de Feu, en envoyant des centaines d'ouvriers apostoliques cultiver, puis étendre la vigne du Seigneur.

Votre charité a fondé, dans plusieurs villes de différents pays, des imprimeries qui ont répandu par millions, dans les masses populaires, des livres et publications variées, toute consacrées à défendre la vérité, à exciter la piété et à favoriser les bonnes mœurs.

Votre charité, enfin, a élevé une foule d'églises et de chapelles qui, pendant des siècles, jusqu'à la fin du monde, retentiront chaque jour des louanges de Dieu et de la Bienheureuse Vierge, et où des âmes innombrables rencontreront leur salut.

Convaincu qu'après Dieu, c'est votre charité qui a opéré efficacement le bien immense que je viens de rappeler, et des choses plus grandes encore, j'éprouve le besoin de vous en manifester ma reconnaissance.

Mais, au nom même de cette persévérante bonté avec laquelle vous êtes venus à mon secours, je vous prie maintenant de continuer après ma mort le même appui à ceux qui viendront après moi.

Les Œuvres que j'ai commencées avec votre concours n'ont plus besoin de moi ; elles ne cessent pas d'avoir besoin de vous et de tous ceux qui, comme vous, aiment à promouvoir le bien sur cette terre. Je vous les confie à tous et vous les recommande.

Pour votre encouragement et la consolation de

vos âmes, je prescris à mon successeur de comprendre toujours nos bienfaiteurs et nos bienfaitrices dans les prières publiques et privées qui se font et se feront dans les Maisons salésiennes. Il devra mettre toujours cette intention, que Dieu leur accorde, même en cette vie, le centuple de leur charité, en y joignant la santé, la concorde dans leurs familles, le succès des affaires, enfin la délivrance et l'éloignement de tout mal.

Pour votre encouragement et la consolation de vos âmes, je veux vous dire aussi que l'œuvre la plus efficace pour obtenir le pardon des péchés et s'assurer la vie éternelle, c'est la charité faite aux petits enfants : *Uni ex minimis*, à un des plus petits abandonnés, selon l'assurance que nous en avons du divin Maître Jésus. En outre, je vous prie de remarquer qu'en ces derniers temps, en présence de la grande pénurie de moyens et de ressources pour élever, par soi ou par d'autres, dans la foi et les bonnes mœurs, les enfants plus pauvres et abandonnés, la Sainte Vierge s'est constituée elle-même leur Protectrice ; à ce titre, elle obtient à leurs bienfaiteurs et à leurs bienfaitrices des grâces spirituelles, et même temporelles, nombreuses et extraordinaires.

Celui qui vous écrit, et avec lui tous les Salésiens, sont témoins que beaucoup de nos bienfaiteurs, dont l'avoir était bien mince, ont connu une large aisance, quand ils se furent mis à secourir nos orphelins avec une charité généreuse.

A ce propos, plusieurs d'entre eux, instruits par l'expérience, m'ont répété, sous une forme ou sous une autre, les paroles suivantes ou d'autres semblables : « Je ne veux pas que vous me disiez merci quand je fais l'aumône à vos pauvres enfants ; c'est moi qui vous dois des actions de grâces quand vous venez la chercher. Depuis que j'ai commencé à secourir vos orphelins, ma fortune a doublé. » Et encore : « Plus je vous apporte d'argent pour vos Œuvres, plus mes affaires réussissent. Je touche du doigt que le Seigneur me rend au centuple ce que je donne pour l'amour de Lui. »

Quelque affaibli que je me sente, je ne cesserai point de m'entretenir avec vous et de recommander nos enfants que je ne tarderai pas à quitter ; mais il faut cependant que je finisse et que je dépose la plume.

A Dieu, mes généreux bienfaiteurs, chers Coopérateurs et chères Coopératrices, à Dieu ! Il en est beaucoup parmi vous que je n'ai pu voir en cette vie qu'ils se consolent ; dans l'autre, nous nous connaîtrons tous, et pendant toute l'éternité nous serons heureux ensemble du bien qu'avec la grâce de Dieu nous aurons pu opérer sur cette terre en faveur de la jeunesse abandonnée.

Si, après ma mort, la divine Miséricorde, par les mérites de Jésus-Christ et par la protection de Marie-Auxiliatrice, me juge digne d'être admis en paradis, je prierai toujours pour vous, je prierai pour vos familles, je prierai pour ceux qui vous sont chers, afin qu'un jour ils viennent tous louer pour l'éternité la Majesté du Créateur, s'enivrer de ses divines délices et chanter ses infinies miséricordes. Amen.

Toujours votre reconnaissant serviteur,

Jean BOSCO, *prêtre*.

TABLE DES MATIÈRES

Imprimerie de Poissy. — LEJAY, FILS ET LEMORO.

MÊME LIBRAIRIE

COLLECTION Gabriel BEAUCHESNE

Imprimerie de Poissy. — Lejay fils et Lemoro.